以美好遇见美好！

YISHENG

DE

MO,

JIAN YISHENG

DE REN

茶盏已摆好,邀请书里的字,出门一叙。

满屋满满的字,围席而坐,却不吵,静香相待。

摄影:白音格力

春天拾花酿春,每一朵早落的花,都是去了一颗诗意的心里。

YISHENG

DE

MO,

JIAN YISHENG

DE REN

即使老,花与叶还在。

它们的绿和红,色和香,收在袋子里。

生活总有一些角落,你可以随心随意安排,那里只属于你自己。花悠闲地开,清风徐来,光阴看不见,却在你偶得的闲静里,那么悠长,那么诗意。

花不踌躇,从不,在哪里,都欢喜扬眉。总会有一个春天般的人经过,总会有一个向花低头的人经过。

YISHENG

DE

MO,

JIAN YISHENG

DE REN

也许你正翻过一程带墨色的山,

涉过绣了花的水,

我在临摹你走过的草径,

一笔一行里,

春草初生,春水初绿。

我从一朵花的明媚里走向你,你从旧事的青石巷口迎向我。即使我们都没有回到往事里,但花依然开得明媚,石巷里依然留着我们并排走

YISHENG DE MO, JIAN YISHENG DE REN

我将下雨的诗集合上，

愿你只凭芳草，

醉人花气，

翩翩而来。

YISHENG

DE

MO,

JIAN YISHENG

DE REN

一生的墨,
见一生的人

白音格力 ○ 作品

吉林摄影出版社
·长春·

意林阅读

图书在版编目（CIP）数据

一生的墨，见一生的人 / 白音格力著. -- 长春：吉林摄影出版社，2019.1
（美文知秋）
ISBN 978-7-5498-3902-5

Ⅰ.①一… Ⅱ.①白… Ⅲ.①散文集-中国-当代 Ⅳ.①I267

中国版本图书馆 CIP 数据核字(2018) 第 286300 号

一生的墨，见一生的人
YISHENG DE MO, JIAN YISHENG DE REN

著　　者	白音格力
出 版 人	孙洪军
主　　编	顾　平　杜普洲
责任编辑	李　彬
总 策 划	徐　晶
统筹策划	郭妙霞
执行编辑	郭妙霞
设计总监	资　源
封面设计	资　源
美术编辑	杨　倩　李雪菲
发行总监	王俊杰
字　　数	220千字
印　　张	8.75
版　　次	2019年01月第1版
印　　次	2019年01月第1次印刷

出　　版	吉林摄影出版社
发　　行	吉林摄影出版社
地　　址	长春市泰来街1825号
邮　　编	130062
电　　话	总编办 0431-86012616
	发行科 0431-86012602
网　　址	www.jlsycbs.net
经　　销	全国各地新华书店
印　　刷	三河市宏图印务有限公司

书　　号　ISBN 978-7-5498-3902-5　　　　定　价：36.00 元

版权所有　翻印必究
（如发现印装质量问题，请与承印厂联系退换）

目录
C O N T E N T S

自序 | 走在一路纯白的宣纸上 |　　1

第一辑　一枚词语 一生人

| 缘分 |　　　　　002
| 恰恰好 |　　　　004
| 你的名字 |　　　006
| 绣光阴 |　　　　008
| 小坐 |　　　　　010
| 窗外 |　　　　　013
| 忆 |　　　　　　015
| 心事 |　　　　　017
| 旅程 |　　　　　019
| 秋心 |　　　　　021
| 月下 |　　　　　023
| 悄悄 |　　　　　025
| 眉间 |　　　　　028
| 日常 |　　　　　030
| 小酌 |　　　　　033
| 把卷 |　　　　　035
| 暖香 |　　　　　037
| 初雪 |　　　　　039
| 痴 |　　　　　　041
| 从前 |　　　　　043
| 念斯人 |　　　　046
| 素 |　　　　　　048
| 白衫 |　　　　　050

目录

CONTENTS

花时宴客	054
养活一团春意思	056
静女其姝	058
清风忽来好伴	060
小窗明	062
清风明月还诗债	064
有人赠云	067
竹楼听雨雪	069
流水桥何在	071
珍重好花天	073
长日清谈	075
事了拂衣去	077
闲数残荷几朵花	079
采莲曲	081
浪呼云气老狂生	083
孤月林初静	085
涧花相唤开	087
听水就窗眠	089
相思一夜梅花发	091
萝月满归车	094
小蛮酒	096
为世间疗俗	099
暖风原似酒	102
瘦尽十年花骨	104

第二辑 一纸古意 一生墨生

目录
CONTENTS

| 一月暖花笺 | 108
| 雨携来了花籽 | 113
| 我的光阴是种花的光阴 | 118
| 香在无心处 | 125
| 二月叠梅衣 | 131
| 我的身体里住着山川草木 | 136
| 春天不是季节是内心 | 141
| 我想在大海上画满窗子 | 146
| 三月桃花酿 | 150
| 身体也需要一场雨 | 156
| 只愿意向美好的事物靠近 | 162
| 出门俱是看花人 | 168
| 四月簪花行 | 175
| 一痕春水生 | 181
| 丝雨如烟绿山头 | 190
| 像一个温暖的茧 | 196
| 五月设花宴 | 204
| 心中有花籽撒下 | 209
| 修一园清风篱笆 | 218
| 人心中都有一个诗歌的出口 | 225
| 六月荷擎雨 | 231
| 等一朵月亮花开 | 238
| 花的行程 | 246
| 光阴开花 | 251

第三辑　一笔素日一生暖

目录
CONTENTS

| 初开 | 256
| 见你 | 257
| 为你写诗的傍晚飘起了小雪 | 258
| 曾忆旧时,东风忽软一树花 | 259
| 归来 | 260
| 退到一粒花籽里 | 261
| 酿了桃花酿 | 262
| 亲爱的四月 | 263
| 五月提篮 | 264
| 画中扉 | 265
| 等你来 | 266
| 遇见你 | 267
| 借我 | 268
| 涟漪 | 269
| 我一生最浪漫的蹉跎 | 270

第四辑 一页诗稿 一生一念

自序｜走在一路纯白的宣纸上｜

某天某个时辰，你在窗前或小亭子里闲坐，一阵风吹来，或者一缕花香飘来，你有片刻的失神，好似有花光照身，悠然而惬意；或者在一本书里，一个词打开一片日月，一句诗打开一方山水，恍然间，你便感觉自己走了进去，山色染身，逍遥而忘忧。

我爱着这样美丽的时辰，爱着这样美丽的瞬间。我每天都会向这份美丽靠近，用眼睛去发现，用心去珍惜，用文字去记录。

所以有了这本书。我从喜悦的某个词入笔，从喜爱的诗词入笔，从生活点滴入笔，珍重地与光阴，与美好，在纯白的宣纸上，以笔墨相见。

我喜欢一个一个的词。某一个词，某段意象，给人带来缱绻美意，是一个人心灵自赏的风光。

我喜欢一句一句的诗。某一句诗词，某场思索，是一个人幽香自怜心神潋滟的自我交契。

我也喜欢一个一个的日常。某一天,某一个瞬间,所看所闻,虽是一个片段,或读书,或记花草,却可以串联成人一生至美的项链,引领人对美好点滴的珍爱。

这是写给光阴,写给自己,也写给美好同路人的一封长长的信,用尽一生的笔墨,也愿去追寻的甜蜜。

在每一个平平常常的日子里,置身古诗词的自然之境,走过山水风物,会感觉人生兜兜转转,百转千回,与自然,与万物,与一些人,与自己,都可以如此静谧相和,缓风静香,相坐不言。

然后借一个个美好的词,一句句诗,每天涓滴,以笔墨间一份古意盎然,写给自然,写给光阴。仿佛一生的好墨,就为了见好风好水,见一个一生美好的人。

更多的时候,与其说我是通过一个个词语、一句句诗、一个个的日常走向一份美好,或走向你;倒不如说,我是通过一片月色,一座桥,一颗露珠,一树花,一溪云,一条草径,通过澹澹春山、盈盈秋水、十里荷花、三秋桂子,走向美好走向你。

我一直在走着。为了写美一个词,我会把月色走旧,青荷坐枯;为了诗中一轮山中月,一溪山中水,我会辗转上千公里,只为住进最古意的月色里,躺在无染的泉水上。

我知道，我写下的那些让我欢喜的词语、诗句，或一页页的日常，组成了这个世间独独属于我的最美丽的路。

我去过白云深处，去过小桥流水人家里，去过空山的空里，白雪的白里……我觉得，我的一生，终于如愿地走在一路纯白的宣纸上。

如此，再回到烟火人间，正如我曾一直期望的那样：书房幽寂，一卷书，一窗月，一提笔就可以把墨写到老，一念人就可以将一封信开成光阴的画卷。

我一直坚信着，美好会遇见美好。月遇见一扇读书窗，浮云遇见波心，红梅遇见白雪，一首诗遇见一个诗人。美好的人，总会相见的。以真，以善，以慈，以微笑，以眼神，来相见。她若是烟花三月，你便是人间四月天。

所以，早早地，我铺好了纯白的宣纸，写了两行诗。你从一行走来，我从一行迎上去。我知道，怀着向美心，走在一路纯白的宣纸上，你是我一生的好花天气。

白音格力

二〇一八年二月二十六日

第一辑 一枚词语一生人

你对一朵花,投去眉梢的喜悦时,

花也回你喜悦的眉眼。

你一低头,

花瓣上就开着露珠般的低语。

世间最美妙的事,或许就是这样,

彼此默默,却能将相投的气息深嗅。

缘分

> 缘,是一池疏雨,要偶遇才能有好情致,你打伞站在池边,滴答清响,恍惚回到款款往事中去;情,则是一枝菖蒲,香远益清,池上烟雨低,所有的美,全在那一枝上,孤幽清冽。

很多事都是要讲缘分的,比如你看到挂在墙上的一件裙子,独自忧伤,独自等待,逛了一条条街的你,那一时,内心笃定,就是它了。

一条裙子和你有没有缘分,一分钟就知道了;一个人和你有没有缘分,却需要用一生去寻找最后的答案。

与一个人要讲缘分,与一段文字也是。

唯一不同的是,与一个人的缘分,在于你从这个人身上看见自己。与一段文字的缘分,就在于,你从这段文字里看见另一个自己。

有些缘分就是这样不可思议,犹如手抚琴弦,不弹自响。我想其间一定有一种绵长的情分在。

缘,是一池疏雨,要偶遇才能有好情致,你打伞站在池边,滴答清响,恍惚回到款款往事中去;情,则是一枝菡萏,香远益清,池上烟雨低,所有的美,全在那一枝上,孤幽清冽。

其实,人生万象,单单有那一份美,就足够了。就像一本书,多少年了,仍是旧相识的好。

这样的缘,是我们一生的行囊。穿行于煎煮般的人海,在嘈杂的酒店大厅等人时,可读几行字,任门外风过人海,心里却是"风定素花静静开"。

之后,不论我行于山水间,或是坐于街头凉亭里,纸上总有云。云是你挥别的袖,是你遥遥寄来的锦书;纸间总有菡萏,一枝一念,于文字里相遇,即使隔山隔水,彼此的心却在一念间芰荷映水。

|恰恰好|

> 总有这么一个人啊,一个人,一个人的眼神,一个人的一句话,锐不可当地穿过身体里最柔软的部分。

你对一朵花,投去眉梢的喜悦时,花也回你喜悦的眉眼。你一低头,花瓣上就开着露珠般的低语。世间最美妙的事,或许就是这样,彼此默默,却能将相投的气息深嗅。

脚知道,路在哪儿;手知道,你在哪儿。需要说的,有时都不真。

你说不清我,我说不清你;甚至你自己也说不清自己。但心下有喜悦,恰恰是你想要的,这就好了。一场风就是一个朝代,我们的一生,可能连一个标点都没走完。但你是我人生最美的顿号。就在这里了。

恰恰好。

春鸟鸣叫的时候，夏蝉出声的时候，你的心，都能睡成一颗饱满随喜的果实，你浅浅睁开的眼睛，便是一枚青绿的叶子，是一个人清亮的黎明。

恰恰好，他在一边笑着，像一个干净无邪的孩子。

像一支小箭温柔地射入——总有这么一个人啊，一个人，一个人的眼神，一个人的一句话，锐不可当地穿过身体里最柔软的部分。

恰恰好，你为他，准备了最柔软的光阴。

|你的名字|

> 你的名字,是三月的桃花,念在唇边开出诗三百;是绕指柔,捻在心间打一个结;是纯的棉,穿在身上妥帖舒适;是白月光;越过互不相干的岁月,仍皎洁地抵达我的窗前,我的书页间。

相思一老,奢念便少了,只念你的名字,都很美好。

把一个人念久了,念老了,到最后,可能忘记风花雪月,忘记天长地久,唯一念念不忘的,是一个人的名字。

世界上最美的声音,一定是你轻轻念一个名字时发出的;世间最美的语言,也一定就是那个人的名字。

如果爱你,如读一本书,需要找到你藏在其中的最美的情话,我想我愿意把日翻到月,把黑发翻到白。

但走过岁月以后,怀念一些时光时,那般笃信,和你在一起,最美的情节,不需要说话——只轻轻,温柔地,叫你的名字。

你的名字啊……

你的名字，是三月的桃花，念在唇边开出诗三百；是绕指柔，捻在心间打一个结；是纯的棉，穿在身上妥帖舒适；是白月光，越过互不相干的岁月，仍皎洁地抵达我的窗前，我的书页间。

你的名字，仿佛写满一个朝代。思你公子兮，翠袖半老；念我伊人兮，银碗半旧。

我知道，我终将抚摸不到你日渐苍老而甜美的容颜。还好，有你的名字，陪我多年后，在某个午后的花树下，打盹。

| 绣光阴 |

> 我应该让整个身体的每一部分,都融合于一山一水一花一草。让手指挂满黎明,让胳膊长满草径,让胸膛填满泥土,让眼睛蓄满秋水,让鼻息开满兰。

最美好的光阴一定是柔软的。柔软的光阴,一定具备刺绣细腻的针脚,里面藏有一针与一线最亲密的心事。

看过一幅苏绣,占了大面的墙,山河于其上,苍翠生韵,草木于其上,仿佛有恋不够的旖旎光阴。我后悔,当时没有将作品拍下来。日后每提及,说它有什么美,我只会说一句:在那一刻,多想被一个人绣进那山河草木间。

因为那里的光阴,太美。

因为光阴之美,我要努力再努力,把整个身体,变成一座山,一棵树。这样我就可以更好更好地去感受一座山写出的草木篇章,一棵树开出的光阴花卷。

  不，这样还不够具体。我应该把自己绣进去，用刺绣的针脚，细致地绣进那些山水里。我应该让整个身体的每一部分，都融合于一山一水一花一草。让手指挂满黎明，让胳膊长满草径，让胸膛填满泥土，让眼睛蓄满秋水，让鼻息开满兰。

  这样，我写出的春天，才会迎来春水，迎来桃花，迎来纯净的你；这样，我写出的诗行，才会通向《诗经》，通向往事，通向你种着一页光阴的门口。

  原来，这一段好光阴，我一直在用文字，绣我一颗心啊。

|小坐|

> 在灰心处停下来,坐到明亮处;在烦恼时停下来,坐到清凉处;在怨愤里停下来,坐到开阔处;在计较时停下来,坐到礼让处;在自我里停下来,坐到无我处。小坐,有大美。

也许可以像一片月色,坐在荷塘里;也许可以像一朵云彩,坐在远山尖上;也许可以像一束灯光,坐在书页里;也许可以像一个梦,坐在你的眉间。

有些时光,就是用来小坐的。比如一盏茶的时光,比如思念的时光。

小坐,多像一个茶馆的名字,一间咖啡屋的名字,或一间书吧的名字。我若开,就在一个胡同里,素朴装饰,敦厚灯光,老旧桌椅,一对新人,也能坐回到缘里去。

曾在朋友的书中看过她所记的一段往事。其好友邀她听一段音乐,各自在纸上写下想到的东西。朋友写明月、琵琶、归舟、落花、徘徊、天涯,好友纸上无字。不解时,她的好友便在纸上回:妙处难与君说。

那样安暇的一段小时光,就那样小坐在一首音乐里,才更深地寻到音乐的美,美到难以言说。

这样的小坐,一个人,就坐满一屋子的清幽,一树的醉花阴。

我曾坐在一个字上,一个词上,或一首诗里……这不是诗情画意,也非不食人间烟火。确实是为一个字的美好,久久坐在其上不舍离开;确实为改一个字,久久坐在那里凝思不舍放弃。

小坐,是我这半生里,做得最多的事件之一,是我最美好的事件之一。

看过太多跑在俗事中的人,跑在纠葛中的人,跑在你争我抢中的人……永远停不下来。

希望更多的人,能够停下来,小坐小坐。

在灰心处停下来,坐到明亮处;在烦恼时停下来,坐到清凉处;在怨愤里停下来,坐到开阔处;在计较时停下来,坐到礼让处;在自我里停下来,坐到无我处。

小坐,有大美。

必须,你必须有一段时光,它的名字叫——小坐。这时,风也坐下了，月也坐下了，花影也坐下了。你的眼睛清澈了，能看到那个令你清悦的人；手指清凉了，能翻开任何一页清丽的往事。

总有一天，我会像一片月色，坐于荷塘；像一朵云，坐于远山；像一束灯光，坐于你书页；像一个梦，坐于你眉间。

窗外

> 于窗前看窗外,把山看静了,把花看香了,把雪看落了,简简单单的。然后于窗内,把书翻到旧,把墨写到淡,把一扇窗守到老,孤美而踏实。

我的窗外,时光种桃花,岁月雕美人。

当然种的何止桃花,墙角有梅,溪边有杏,篱前有菊……时光在节气里忙着,我于窗前赏着。而岁月更是温柔,春风顾你小弯眉,秋水眷你双明眸。

其实,你知道,我的窗外,只有云和月。

每天闲坐的时光,都是在窗前。白天看窗外的云,我知道白云生处有人家,那里云铺路,种花树,到了傍晚,山静云初吐,家家屋顶炊白云;夜里看窗外的月,月下花间一壶酒,一梦到长安,醒时月落乌啼,江枫渔火,正照彩云归。

看不远了,看不到一个墙角,一条小溪,一架篱笆,看不到白云生处,看不到长安一片月,还可以听。

听窗外风,窗外的鸟鸣,听云的脚步声,月的呢喃声,或者一对从窗下经过的恋人眼神缠绵的声音。这时耳朵里串玉声声,人仿佛置身山林,寒岩听泉落,竹林听月风,身边流水潺湲,云来弹琴。

年岁渐长,于窗前看窗外,把山看静了,把花看香了,把雪看落了,简简单单的。然后于窗内,把书翻到旧,把墨写到淡,把一扇窗守到老,孤美而踏实。

我知道,窗外总有桃花开,我知道,你是岁月雕刻的美人,依在心窗上。所以每一个窗外的晨,都是这样丰美——露水刚刚醒,水草懒梳妆。

|忆|

> 往事一阵雪,忆,是一匹白马。你是方向,是关山重重,是春暖花开;我是一串马蹄印。你和我之间的距离,是想念,是长长的鞭子。

一直一直,想回到所有的诗词里,把每一行走遍。然后便可以把你留下的光阴,用清溪水洗一洗,种在窗下,终于可以种出诗三百。

开出的第一枝花,名字就叫:忆。

忆,是一枝花。开的时候,关关雎鸠,声声和答,琴瑟之友,钟鼓乐之。

总觉得,一个人可以回到诗词里,活到古意村落中去。走在某一行诗,或走一回山野,那草的绿、花的红、云的白,都是你。

回首那些过往,把酒言欢,把歌唱到醒,终会明白,这一场一场的花事，都要落下枝去。那些回忆，也终究是要，别了花，别了枝。但总有一朵，不悔从前，引得满庭蝴蝶儿。

生活在纸上，花枝插瓶，生火煮粥，研墨写诗。夜里借一片月光忆你，到了天明，去小园，看池边一行行荇菜，种种采采，你在桃之夭夭的路上，面如桃花。

因为"无恙年年汴水流"，因为"一声水调短亭秋"，每忆起，"旧时明月照扬州"。花瓶旧了，墨老了，月光也旧了，桃花却不老，年年开在窗外。

往事一阵雪，忆，是一匹白马。你是方向，是关山重重，是春暖花开；我是一串马蹄印。你和我之间的距离，是想念，是长长的鞭子。

忆，是长了脚的。一动念，便千山万水。

|心事|

> 我相信，有些心事，心心念念，这念是线，穿过光阴的针眼，终能缝一件温暖牌风衣，御岁月的寒。

一开始，心事装在眼睛里，全世界的雨都是眼泪；后来，心事压在心底，你走过的路知道，看过的花知道，写过的字知道，只有那个人，不知道。

我愿心事不是眼泪，尽管她也是洁净的；我只想心事是一团花影，婆娑于眼，宁静于心。

我更喜欢的是，把心事开成花，让清风来照顾；把心事磨成墨，让笔来倾诉；把心事泡成茶，让光阴来慢品。

心事，就应该这样，是淡的痕，素的影，清的凉，有些哀婉，却值得爱怜，是寂寂孤月心，亭亭圆泉影。是的，终归，心事是一泉水，倒着他的影。

所以，美好的心事，一定有着洁净的质地，是花的明，玉的净。

即便老，心事也是唱的老歌，走的老路，爱的老口味。

像一座青山老去，但总有淡墨烘托；像一封信旧了，但越旧越能读出味道。心事是一个人的清欢，何惧岁月老去，记忆泛白。

哪怕剩下寒枝，哪怕岁月寒凉。

我相信，有些心事，心心念念，这念是线，穿过光阴的针眼，终能缝一件温暖牌风衣，御岁月的寒。

能说出口的，也许不是心事，只是一块心病。压在心底的，也许不是心事，只是一块心石。

心事，是即便花开了又落，草长了又枯，空林有雪相待，清深而洁，面若桃花。在长长的岁月里，也许我的心事，就是爱上一个黎明一个黄昏，一棵花树一条路，一片月色一朵云，然后才更深更深地爱着你。

|旅程|

> 记忆是饱满的行囊,即使在它把你遗忘的时候。我记得你。我们都有单薄的旅程,我的行程已定,注定与你相遇。

这一程,我是注定要与风同路,与花同语,与云同栖。

所有的旅程,都是人越走越少,风景越看越淡。一段旅程,风景旖旎,行者妩媚;一生的旅程,走细了就是清风,走瘦了就是秋水,走凉了就是冬雪。

像打开一本书,我的旅程,哪怕就剩下自己,我仍要与自己,温暖相遇。

一棵树的旅程,很美,它见过清晨露珠,见过午后清风,见过夜晚月光。

一块石头的旅程,也美,它见过拍岸涛声,见过小桥流水,见过沧海桑田。

节气也有自己的旅程,一站春花,一站夏绿,一站秋月,一站白雪。

也许,我们就是一棵树,一块石头,也许我们都有自己的节气。

一枝春,从一页江南上打开旅程;一封信,从一个斑斑落灰的名字上出发。古时漏声滴滴,进入夜色深处;今时有人调琴,掉进一截往事里,然后寻回到过去。

越来越相信,有些旅程,其实不是出发,恰恰相反,是归去。一直觉得"归去"与"归来"不同,归来是走出去又回到原处,归去是从原处去到本心之地。所以苏轼才有诗句说,"几时归去,作个闲人。对一张琴,一壶酒,一溪云"。

我在归去的途中。

在我的记忆里啊,我眼睛的旅程是看见山水看见你,我耳朵的旅程是听见花开听见你,我手指的旅程是触到风触到云触到你。

记忆是饱满的行囊,即使在它把你遗忘的时候。我记得你。我们都有单薄的旅程,我的行程已定,注定与你相遇。

|秋心|

> 去走走吧,踩着落叶,踩响一串串掉落的音符。随便走走,随便走在小石桥上,小院篱边,随便听一首老歌。把眼听湿了,把笑听暖了,才明白,不为遇见你,只为身上落满你的旋律。

最让人深喜的相见,也许见的不是那个人,忽见陌头杨柳色,就是他了;也许在未见时,就于心底抽了枝,枝上早早桃之夭夭。

于是,选了好天气,设了百花宴,与那人欢欢喜喜,就好似在心里办了一场《诗经》里的婚礼。

但往事画墙,多少花好月圆,每回望,就像眼下到秋,生怜瘦减一分花。人一生,能承欢相见,也能清心相别,该最好。

如此,心有微澜,秋水为凭,去采一颗白露,送别在水一方的人。

寻常日子,偶尔在黄昏,灯火阑珊,遇一枝向晚霞影里,叶渐黄,花尚红,回到家,几点打窗雨,落成灯下秋水词,又伤感又美好。

人人都有一颗秋心。

秋越来越凉了。一杯茶会凉，一段往事会凉，一个人也会凉。

我想去租一间屋，搬到心上，让落了的花住，让路过的往事住，让没寄出去的信住。

我总对远方怀有美好的愿，相信某一天会有好消息传来。比如，白露待嫁，花轿唢呐。

我知道，终是要老了。像一朵花退到清凉地，像一池水藏住了心事，心也归于淡泊，归于清净明了。远山有云，长松清风，于窗前掩卷发发呆，窗扉漏一地月光，心里蓄满秋水。

我知道，就是这样简简单单，老得无系无缚，心如秋，简单到就像一棵草的老去。

草老了，一下子把秋天老成一根根心弦。秋水弹奏，长句短句，舒舒缓缓，弹慢时光。

去走走吧，踩着落叶，踩响一串串掉落的音符。随便走走，随便走在小石桥上，小院篱边，随便听一首老歌。把眼听湿了，把笑听暖了，才明白，不为遇见你，只为身上落满你的旋律。

月下

> 托明月借几缕云,包扎尘世的伤口,然后采一颗光阴的白露,小心踩过往事的霜,袖口有墨香,衣襟上粘满花籽,去一个可以种花的地方。

在月下,叩响铜绿门环。

我是带着前世的一场烟雨来了,像个远方的诗人一样,翻过山峦,走过长亭,踏过石桥,终于来到你的月下。

我知道这是梦。一场旧梦。

一场旧梦只有在月下,仿佛才能让那旧,有了诗的韵味,也只有在月下,才能见玉样的人。

梦里万重山,花前一壶酒。门里,小窗红影,只为在月下见一眼,从此月色酿酒,岁月为盏。

看月,读月,写月,却从不曾真正在月下这样倾心一见。

不，走过无数次的月夜，是从不曾像某个远方的诗人那样，把青山分行，把绿水句读，只为了上阕相识，下阕相逢；不曾披着烟雨，把思念滴答在你窗下的青石巷上，只为了等一片月色为你添衣；不曾忌食人间烟火，只为了做你桌上一杯清白的月光。

月下，有人读诗，有人抚琴，有人河边洗着旧衣。

最新的那件旧衣，也许还粘着花影，是早月多情，送过的梨花影；最旧的那件旧衣，已破了洞，漏着微凉的更声，但每一缕旧颜色里，都珍藏着千里的婵娟，每一丝老褶皱里，都隐藏着凉薄但欢喜的光阴。

一颗心，何尝不是一件衣呢？那些漫长的落满尘埃的岁月，又何尝不是一件衣呢？

月下，洗的，又何尝不是一首诗，一缕琴音？

也许我，就是那个诗人。于是——

月下，我系满兰舟。然后，叠了你窗外的十二月，门外的二十四桥，扯了乌衣巷口的几缕柳烟，扎成书简，借了桃花水写上地址，装上小舟。

今夜不需要桨。只需要，托明月借几缕云，包扎尘世的伤口，然后采一颗光阴的白露，小心踩过往事的霜，袖口有墨香，衣襟上粘满花籽，去一个可以种花的地方。

|悄悄|

> 悄悄地,一场烟雨路过小巷,一树杏花惹着愁,一把油纸伞下,走过一行诗。那些愁,有些孤独,但因为悄悄,所以更美。

我准备好木桌蒲团,添置了瓷瓶窑盏,一炉火一壶泉水,与茶香对坐,与你漫谈,等着云脚渐开,乳花浮面。

总想着,做一回词人墨客,竹窗留月,闻香把卷;做一回逸老散人,山径摘花,试水斗茗。

过再素朴的生活,做再素心的人,我也不想缺失了诗意。所以,这一切,是我绘出的一幅画,竹露松风蕉叶雨,茶烟琴韵读书声。

唯看的人、念的人,悄悄地看着念着。

这样的悄悄,有些孤美,但不孤独。

这样的悄悄,是静水流深,是一个人的胜境。是平常岁月里最深情的告白,是明月当轩,清风相伴,心中自有好风好水。

有人总结最想去的地方,其中第一条是"渔舟唱晚,烟雨沉轩"。人,最美的是归于内心,烟雨沉轩,该从容的从容了,该静的静了。悄悄于一隅,做着自己的生活家,相安于红尘。

悄悄地,一场烟雨路过小巷,一树杏花惹着愁,一把油纸伞下,走过一行诗。那些愁,有些孤独,但因为悄悄,所以更美。

一个人去爬山,翻了三四座,遇到一片断崖。下望林木森森,有一处,开着一丛花,淡雅的粉,像高明的画家,在春意阑珊的墨中,似落非落,点几笔水彩。

那么寂寞的春山,崖下,花只开在那里,心里一下静了。许久感觉耳边有风,眼前仿佛已是松风落涧泉,落进画中。

不经意间看到另一端崖石中间,竟在石缝里长着一株杜鹃,孤瘦的枝,清凉的花,悄悄地、安逸地在阳光里开着。

我想尽了各种办法,终于攀下崖石,到了正中,与杜鹃相对。虽然很危险,但那一刻,人是静的,心是静的,整个身体也是静的,生与死,也是静的。

眼睛里只有花,一株杜鹃惊心动魄地开着,却又是那么安静,悄悄地开着,不像真的,是画里的。

拜伦的《春逝》常被一些善感的心念起:"若我会见到你,事隔经年。我如何和你招呼,以眼泪,以沉默。"

不,我不。一别经年,若真会于某一刻见到你,我将以绿荷池,以白雪诗,以一地清凉凉的月光,以清风的形状,以白云的声音,以悄悄,又悄悄的慈悲,与你招呼,甚至与你擦肩。

小桥流水,云来卧石,因为一份悄悄的心意,胸中幽情,怀古至今。

仿佛只那么一瞬间,一个刹那,人便悄悄回到一座桥边,一条巷里,回到一个庭院,一张桌前,回到一粥一水,一把柴火生起诗歌的火焰里。

也许就是为了一盏雨前茶,我把屋前种满新篁,春来茅舍做佳客;也许就是为了一树梅花雪,我把暖阁生旺红炉,冬来堂上做隐士。

这又是一幅画,看时,我们仿佛只安静地做一个过客,就知足了。只需悄悄地,给岁月,给彼此,续上一杯茶。

|眉间|

> 懂得低眉最美——低眉于友,可交一生;低眉于爱,可修百年;低眉于己,可得欢喜。

总觉得,一个人的眉间,是一个旖旎的地址。

眉间有草木清香,桃花会从《诗经》里出发,乘旧时月色而来;有往事清美,光阴会从另一个人的望眼里,寄长长的信来。

如此,有的人,眉间住着白月牙,玉一样剔透,雪一样明净;有的人,眉间住着清凉风,何时何地都能随缘随喜。这样的人,谦和入世,温润出尘,向外含蓄,向内敛静。

看一朵花,看一页书,那低下的眉间,便挂着纯和的时光。懂得低眉最美——低眉于友,可交一生;低眉于爱,可修百年;低眉于己,可得欢喜。

我最想去的地方，不是你的心头，而是你在世清扬的眉间。

像水烟深处，一点缥缈的淡，一点幽清的痕；也像月明帘下，一点皎洁的白，一点安稳的静。这样的眉间，描着清淡、静笃、明媚之气，是一个人气质上的饰品，如清代某人所著《谈美人》篇中之言：不过一珠一翠，一金一玉，疏疏散散，便有画意。

最美的画眉，就应该是这样的，带着一点从容、疏朗的底色，几分喜悦、清凉的神色，素一笔，润一笔，看一眼，便全是画意，这样的人才称得上岁月美人。

那眉间，是花枝春满，天心月圆啊。

眉间可见出一个人的风情，更可见出风骨。

一个人，能走进百花深处，眉间便春山澹澹；能退到风烟俱净，眉间便秋水盈盈。我希望铅华洗尽，眉间仍有风骨，透着清气自喜。如此，面对尘世，能倾山雨入盏，泼月色入画；独对自己，能邀明月入怀，注清泉入茶。

这也是一个人眉间最隐秘的花开，沉敛，端然，这样的风骨是来自内在的，也必然使得心灵开阔，精神超拔。

也许，眉间，正是一个人的精神地址。你来过，一封信来过，长长的一生，与岁月，与往事，温润相待，相关照。从此，依窗看花月，花月不相负。

|日常|

> 把书架上的书抚摸一遍,把走过的路轻轻踩过,把那些开着的花,皎洁着的月,那些几程的山几程的水,那些草香木香,都一一怀想过,然后于自己的日常中,自成篇章。

翻一本书,走一条路,与花与月,与山水草木,相惜于日常,私私耳语,妙高峰顶,也不过看得世间平凡最是美。

盘一个土灶,捡些枯枝,傍晚落日西下时生一堆火,炒野菜熬清粥;或石块垒灶,架一壶,慢悠悠地煮一壶茶,野旷天低,蓄雨含烟五百峰,吞吐常在自悦胸。

这已成为许多人的向往。每每去享受这样的孤清时光,总觉得与日常隔着什么,生怕被平平常常的岁月丢弃,所以,总是把自己往俗里推。但人世间,俗时一杯酒,醒时一盏月,左右一添香红袖。

那红袖,是日常书里的,路上冥冥中要遇见的,花与月与草木间的。

也有人,在日常中,如诗如画地活。春三月红妆,夏三月翠袖,秋三月松风,冬三月雪衣。每个寻常日子,素而妖娆。

所以学着活成一首诗,走进一幅画。

见过一个敬仰的老者,眉目间是我喜欢的那种爽朗,却又与岁月、与光阴相安无事似的,不惊扰一个人,不忧烦自己一个人的孤独,那么从容。

日常能从容,日子常常就会过得诗一样,画一般。

生活随简,日常随喜。这是很阔远的智慧与修为。

喜悦于日常,所以书页上有白云,手指上有流水。见你在何年何月,都能一日如百岁。是因为,日常最难久长,最见真心真良人真清朗。

所以我愿我的日常,可以人在民间,心在世外。

就像一棵树,一棵草,风来摇,雨来浇,仍不吵不闹,相安至老。

把书架上的书抚摸一遍,把走过的路轻轻踩过,把那些开着的花、皎洁着的月,那些几程的山几程的水,那些草香木香,都一一怀想过,然后于自己的日常中,自成篇章。

我只是在日常,把看过的走过的,再看一遍走一遍;爱过的人与物,再爱一遍,再好好爱一遍。

管他山高水远,管他日久天长,心中平凡的一个日常,都成了另一个日常里不平常的传奇。

我知道,我的日常,只愿如徐霞客所说的——桃花流水,不出人间。云影苔痕,自成岁月。

|小酌|

> 花泡的茶,月酿的酒,再美也不及你手指纤美,欣然端起的那一杯。即使只有怀想,但一杯清水里,照着你的影,可以与光阴小酌。

接一滴露水,用荷叶杯;接一片雪,用银碗;接你递过来的一杯茶,用光阴盏。

所以一池水里,总会年年映荷花,一朵圣洁一朵绯红;所以世俗之上,高士能清静无为,内外澄澈;而我与你,对坐对酌,最美莫过于长长的光阴里,茶色温润,你依然眉目明媚。

花泡的茶,月酿的酒,再美也不及你手指纤美,欣然端起的那一杯。

即使只有怀想,但一杯清水里,照着你的影,可以与光阴小酌。

清泉石边,白云与山雀坐过,清风与月色坐过,一场雪与寂静坐过，相伴小酌。小酌的，或是一片春色秋光，或是一个黄昏，一片花影。

岁月深处，往事与案上的书信坐下来，一枝梅与画笔坐下来，杯与茶、青花与瓷也坐下来，脉脉小酌。小酌一段佳话，一笔静香，一盏良辰。

仿佛在心中设了一桌两椅，光阴挂画，坐花醉月。

小酌，最是清欢，不说凄楚，如卢照邻"送君秋水曲，酌酒对清风"；也最能坦然，看破尘世，如白居易"小酌酒巡销永夜，大开口笑送残年"。

多么盼着山园日静，与你摇椅里并坐小酌，白云千树花，洒然山间是神仙。

也许不用吟风醉月，也无须赋新词，只看看眼前这样的美好，心里就好美。春有桃花诗卷，冬有梅花清客。与你挑亮炉火，清茗小酌——绝痴仙境忘尘处，云深山中不记路。

|把卷|

> 感谢那些愁,让我退到一卷书里。感谢那一卷卷书,帮我解忧,为我安排一场花事,安排你所有的,美好。

为了明月下一扇小轩窗,为了你红袖又添香,我把卷寻一阕念给你的词。

把卷窗前明月下,你已是我最美丽的一诗一行,从上阕到下阕,每一个字,都饱含着情。

把卷,若解相思,定与你共花一枝,茶一盏。

羡慕那些拥有满屋书的人,犹如满屋花。

见过一个朋友的家里,自开了个小阁楼,要爬梯而上,阁楼促狭,但满满的全是书。他戴一眼镜,话不多,有些憨厚。站在那两面满满都是书的墙前,心底宁静安和。

想在他的阁楼里，把卷长话，即使促膝无语。

"相逢不语，转过回阑叩玉钗"，我在一卷书里，与你诉着幽怀。

这情意与境界，都是那个叫纳兰性德的才子的，他把一切初见与初衷，都写了个遍。

是的，我也想把卷一次，只为了某场初见。

于忙碌里一个小小的闲暇，或于深夜里，街上走着，也觉得是走在一卷书里。

我们常常不明白，当年的自己，为什么那么多愁？有卷可把，有茶可饮，缘何那愁啊，似个长？

一托香台已十秋，每谈遗事自生愁。

也许只是有些遗憾，抛不开，忘不掉。

但年岁渐长，感觉只需一卷，即使老到翻不动一页，仍心存感念。

感谢那些愁，让我退到一卷书里。

感谢那一卷卷书，帮我解忧，为我安排一场花事，安排你所有的，美好。

因此，小轩窗，明月光，你红袖在旁，我闲闲地把卷，与你共花一枝，茶一盏。

|暖香|

> 花开的一亩田,雪落的白衣裳,指尖的墨,信上的落款,都是岁月的暖、光阴的香,最后成为一个人气质上的暖香。

花开的一亩田,雪落的白衣裳,指尖的墨,信上的落款,都是岁月的暖、光阴的香,最后成为一个人气质上的暖香。

还有带雨的梨花,蝉露的秋枝,黄昏忽闻的一声笛,千古的相思,每一动念,犹如西风惊绿,却生一心暖香。

那些古时的长亭,折柔条过十里,一定连着今日某颗念念如初的心;那些纸上的烟雨,经石巷,行画桥,一定牵着某行念念不忘的诗。

眷恋这一切的人,心中开了花田,穿了白衣,写了信,她相信,总有佳音暖香来。

在俗世里温润生活的人，时时有喜悦的小事做，比如桌上养菖蒲，门前养青莲。这样即使到人生雪夜，菖蒲宿静，青莲枯荷，闭门读闲书，身边一杯一茶，杯是暖的，茶是香的，内心安详。

也会在烟火里，乐于穿过嘈杂的菜市场，抱着一小捆芹菜，袋里几块生姜，素菜也暖香；或者还有一兜鸡爪，回家配上料，用写一首诗的时间，做一道"红酥手"，是香喷喷的暖。

偶尔，也许只是偶尔，为他念一句诗，看他在初冬的窗前，回头对你暖笑；也是偶尔，心里一动，旧事如老酒，禁不住想为他，起舞回雪。桌上菖蒲宿静，青莲在一只瓶中，老得那么温暖，有香味。这样的生活，仿佛是一幅画。画上有菖蒲系船的书生，和舌有青莲的女子。

念一个人时，月色有香味，雪有香味，书页上有香味。香味都是暖的，因为这些香，经过鼻息，通到灵魂。人一生，霓裳曲罢，弹到此，总有一根弦，凉过也暖过；往事一阵雪，心中开梅花。到最后，暖香一定是来自人心中的一枝老梅花。枝枯黑，峭拔，老态，却透着一股苍劲高古，似僧人，若禅者，绝艳地开着痴心的花。

也是到最后啊，才懂得那如佛慈悲的暖，那如禅清心的香，原来是如此相宜。再无大悲大喜，来去自如，心安即美。是啊，香生暖，暖生香。这一路，随喜而行，来时一襟月，去时两袖花。

|初雪|

> 我从尘烟里退出去,你从桃红柳绿里走来,仿佛天下所有的诗,在一夜月光下,落成雪,映着梅。终于,我是从唐朝出发的一场初雪,你是赶回宋朝的一枝照水梅。

初雪美。

一颗初心,遇到第一场雪,怎能不美?

还美在,初雪不但下在尘世里,还薄薄地落于你翻看的泛黄的书页上,仿佛一段旧时光,一个清清凉凉的人,来与你赴约。

那书页上,有温润的往事,捧读时,犹如翻阅洁净的诗行,隔着薄凉的时光,指尖上,会有一种慈悲的遇见,也许那是一场初雪经过。

每年冬天,都会盼一场雪。

盼初雪,下在我走的路上,飘到我坐的窗前,或深夜我在灯火下被一首诗带走时，雪悄悄来了，待我归时，正好可以踩着薄薄的雪，踩出一行最深情的诗。

为了一场初雪，年年春风词笔写老，只为了盼来你，那么白那么白的思念。

初雪是一场叙事。

在泛黄的纸上说着，梅枝上说着，就那么娓娓细说，清婉可喜。选了一些凉的词，在往事的篝火旁，说起彼此那些互不相见的岁月，忽然就感觉，这一程山与水，终是为了这一刻良辰，你伴我月白风清，我共你花朝雪夕。

簌簌地，轻轻地，落在你写的那些痴缠的词里，落在我拨弄的凉凉的弦上。

在那些词不达意的庸常生活中，我最美的故事，就是在指尖上抚摸过一场初雪，在你寄来的一封信中，在你的一首词里，在你的耳边青丝上。

我从尘烟里退出去，你从桃红柳绿里走来，仿佛天下所有的诗，在一夜月光下，落成雪，映着梅。终于，我是从唐朝出发的一场初雪，你是赶回宋朝的一枝照水梅。

|痴|

痴,是一个温暖的线索,是一个人精神上的地址。痴草木,草木回我温暖人间;痴诗词,诗词回我温暖诗笺。痴一风一月,一风一月送我婆娑花影;痴一人一事,一人一事赠我美好光阴。

人生总该有份痴。

陶渊明痴菊,林逋痴梅,周敦颐痴莲,李白痴酒。

痴闲居,岭上白云,楼头明月,自是好伴,心底下早是半神半圣亦半仙;痴笔墨,日日是风花雪月天,时时有诗酒琴棋客。

羡慕那些痴的古人,对一丛菊,对一株梅,对一池莲,对一杯酒,不需好言媚世,活得率真,更本真。

所以一直学着,向草木借清香,向花月借深情,活在痴的世界里。

我只想,活得越来越简单,最后活到一份痴里。只做一支瘦笔,淡墨,阙处,总有痴心;霜白,暮晚,总有痴情。

写过一首《初开》的小诗：巷陌梨花初开／如雪一样初白／往事最美不过如此／初遇你／一生初盛开。

我怀着虔诚而美好的心愿，叩过一扇春天的门；以纯美的心意，倾心地与草木耳语；用朴素的一支笔，写过好风好水。我想，我总会慢慢地，成为一个活在痴里的人，以一颗初心。

痴桃红梨白，手中总有春风词笔，写婉丽的字，幽芳的句，光阴都被写成了一座春天的城，住着光风霁月的人。

痴一枝枝的雪，看见暖的梅；痴一枝枝的梅，看见美的人。因为痴，眼里看的，心里念的，笔下写的，都是痴花之人，内在安稳、平和，相逢正是花开好。

痴，是一个温暖的线索，是一个人精神上的地址。

痴草木，草木回我温暖人间；痴诗词，诗词回我温暖诗笺。痴一风一月，一风一月送我婆娑花影；痴一人一事，一人一事赠我美好光阴。因一份痴，草木会寄信来，光阴会寄信来。因为一份痴，仿佛整个世界都那么温柔、温暖。更是因为这一份痴，相同的人，终会寻着一个温暖的线索，去到一个精神上的地址。

让我们都是温暖的人，让时光于白雪里开红梅，让纸上落下的字都带着体温，让你读的时候形容词都是怀抱，名词都是暖的香，动词是岁月嗒嗒的马蹄，给一个痴的人，送长长的信。

|从前|

> 从前之所以美,也正是因为,不论东风暗换了年华,还是往事的灯火已黄昏,总有一份回忆,是粘在衣襟上的花瓣。即使衣服旧了,洗白了,不穿了,只要想起,仍有桃花颜色,疏影暗香。

从前,一念到这两个字,心就软了下来。

从前,对现在而言,是把摇椅,是香几,是笔砚,是花笺。于摇椅里,慢慢摇着,悠然念着;香几上摆着两只杯子,喝一杯,满一杯;心则仿佛是一方砚,清风研墨,月色添香;有千言要落笔,却在眼前的花笺上,只描了一纸素影。

在杂志上看到作者武向春记录一代学者陈寅恪幼时之事,非常感动。

1896年春,五个小孩站在长沙巡抚署后花园的一株桃树前拍照,其中一个，手里握着一枝桃花——他就是陈寅恪。多年后已为人父的陈寅恪对他的女儿讲起当年的心思：长大后怕难以辨认照片上哪个是自己，便伸手从桃树上折了一枝桃花做标记。

感动的是，我曾多次写过类似的场景。比如多年前写过的那句诗："我要拿一枝杏花，与你在春天的路上相认。"

从前啊，每回忆，时光有些薄凉，但因为，我们都曾握过一枝，或桃花，或杏花，或梅花，我们依然会记得彼此从前的模样。

其实，握在手里的，是光阴开出的花，开在叫"从前"的那一枝上。

从前之所以美，也正是因为，不论东风暗换了年华，还是往事的灯火已黄昏，总有一份回忆，是粘在衣襟上的花瓣。即使衣服旧了，洗白了，不穿了，只要想起，仍有桃花颜色，疏影暗香。

从前，也许还是泥沙俱下的河；只有河干了，才能看到多年前沉水的玉。

从前，或许不再是清芬的花枝，只是枯木一截。但枯木的风骨，是收敛了风华，收纳了日月，归于本心，归于本真，不在意最后的形式，即使形容枯槁。不与外计较了，最终也不与自己计较，所以枯木甚至活得比风华绝代都要长。

从前，折过一枝杏花，在多年后春天的路上与你相认，剩下的岁月，看玉做人间，素秋千顷。

常在翻一本书的时候，或窗前看云的时候，会有片刻游离，我知道，那时我回到了从前。一回到从前，手里捧着的书，窗外的云，就开出了花。

从前啊，是百花深处，而今只认取一枝。

岁月渐深，到最后，我们念念的从前，是酒器，盛着往事的老酒；是茶具，泡着一壶旧光阴；是花瓶，插着一枝解语花；是镜台，照着梅花妆。

|念斯人|

> 我以一首诗的模样,坐在纸上,站在每一个你可能途经的月份里。某个路口,某场雨,某夜的敲门声,全是你;月色浇在我手心,全是你;云落到我眼里,全是你。

我把词语,一枚一枚地请进屋,坐灯下,然后铺开纸。

我把月份,一帖一帖地临摹好,摆门旁,然后续上茶。

我让一场雪落进往事,让桃花一直开在路口;我挑了屋檐下的雨帘,选了芭蕉桌椅;我借了诗的敲门声,安排了万籁俱寂时分;我甚至盗走了月亮,拾起了云的脚印……

……念斯人。

我以一首诗的模样,坐在纸上,站在每一个你可能途经的月份里。某个路口,某场雨,某夜的敲门声,全是你;月色浇在我手心,全是你;云落到我眼里,全是你。

清代纪晓岚书斋有题联:"书似青山常乱叠,灯如红豆最相思。"

大概人生之美,不外乎两件事:读书与念斯人。

一生的大书,封面上也许早已写满大好河山,扉页上题名题前程,就连页眉脚眉也驻扎着岁月的脚步,但还好,还有蝴蝶页,寂静无字,恬然自安。是的,总有一页,如斯人,或素白,如朴素美好的光阴;或草绿水蓝,是"暮云点新翠,孤烟起朝岚",等你念起。

若再抬头看一盏灯,影影绰绰的往事,一个身影,怎么就一下子让书页泛黄,眉眼生烟?

书叠青山,灯发红豆,可念斯人。

念斯人,念的是一段锦般的光阴,念的是锦上的凉。

生活的纹理里,哪一年穿针引线一段好锦,如雨初霁,多年后又被岁月的剪刀,挑断了一段秋光。

与你不相见,也不再有相逢,如同一段锦,穿不得,却那么华美,那么寂凉。但因为有念,仿佛锦上流着清风,长着竹枝兰草,有屋舍,有桌有椅,有好山好水,有茶,有琴音。

念斯人,春月柳,水芙蓉,婉容喜色,与光阴坐相悦。

念斯人,在一个词上寻,在一场雪里守,如觅水影,如写阳春。念斯人,清清凉凉,水如环珮,月如襟。

| 素 |

> 素，是本色的帛，是一个人干净的底色，也是日常，是大雅。素的物，有静美；素的人，有喜色；素的生活，有味道。

古时尺素，一尺白绢，娟娟小字，也许是淡烟流水画屏幽的午后，也许是空帘闲挂小银钩的午夜，把窗外的梅花写进去，把门外的小径写进去。那白绢上，不诉衷肠，唯有草暖，花淡，炉香静。

我能想到的古代女子最美的相思，便是在一方素帛上不提一个思字，把花写瘦了，把墨写淡了，素素的心，仍可纳香薰，可留明月。

怀素之心，山空有云影，梅开雪生香。

每个人都有自己的颜色。有的人妖冶，要的是大红大紫；有的人羞涩，要的只是一抹小桃红；有的人素色，如梨花，颜色单纯，不艳丽，求的只是素净，素妆。

一个人能守素，心便素净。不求华衣，一衫青，一衫白，青的正好等烟雨，白的正好映花色。其实早在心里过起了素雅的生活，心上有件衣，裁一尺月色为布，剪一缕花影为线，光阴穿针，量心而作。

心上的素，是有温度的，让人踏实安稳。

我们都喜欢过一个词：安之若素。

不再混迹于车马喧嚣之中，不再争抢繁华绮丽之地，只安于一处，安于日常。与君良辰，细水流年，自有娑婆世界；一茎细草，几枝素花，自是清凉人间。

人能安然于日常，坦然于日常，不再慌张，无须匆忙，手指都能闻到花香，舌尖上都落着字香。

有素陶蓄着光阴，有素碗盛着岁月，棋敲残月，雨润琴书，且安之若素。

素，是本色的帛，是一个人干净的底色，也是日常，是大雅。

素的物，有静美；素的人，有喜色；素的生活，有味道。

所以我多想，给一枝花选个素瓶，清水能养出云影相绕；给一个黎明挑篇素诗，我走进草径的脚印能踩响满山的韵脚；给一段光阴穿上素棉，平平常常的生活也能有温暖的质地。

|白衫|

> 一生的岁月,能穿得起白衫的时光,很短。像一场雪,落在身上,薄薄的白,惹着凉,却瞬间就没了。可是,那么美。

人一生,缺一件白衫,就如同山缺了云,花缺了风,窗缺了月。

我知道,现在我只在精神上,极度迷恋着白衫。

白衫,是一个人的光阴,孤美,清洌,上面开满梨花,像一首忧伤的诗,最终,一个字一个字,落下来。我们的人生,不就是从脱了一件白衫开始,变得沧海横流吗?

所以,我一直迷恋一件白衫,它让我单纯,让我忧伤,让我能一次次地回到往事。

往事住的地方,清风扎篱笆,月色开木窗,花香铺小径。我若去,一定要穿一身白衫。

只有一身白衫,才能粘一瓣香,寻到前缘的印记;才能走在瘦的巷子里,凉月生白露,寻回当年我们落下的脚印;才能找得到那些给你写诗的日子,随青草青,落花落,被一封信叠了又叠。

一生的岁月,能穿得起白衫的时光,很短。

像一场雪,落在身上,薄薄的白,惹着凉,却瞬间就没了。

可是,那么美。

一件白衫,仿佛穿了,就能去古长安,去沉香亭,看牡丹,红的紫的,更有通体透明似的白。映雪白的人来,才能见一回李白如何在天子、贵妃、名花、梨园弟子的面前,醉酒作诗。那么不羁,那么豪放。

是的,一件白衫,也许可以让心境回到古意中去,做一回"石作莲花云作台"的人。可能写不出诗,但处处是诗。风送一声雎鸠关关,云飘来人面桃花消息。去看水,清泉石上坐着三杯两盏淡酒;去走走草径,春有数行书;去赏荷,荷叶滴的是清美的诗句;去听竹笛几声,跟着诗的韵脚,染一身秋韵,落一身白雪诗。

某杂志社曾给我发过一个小问卷,其中有一问:"房间里最旧的一件东西是什么?"我回道:"除了我自己外,就是一条少年时代的牛仔裤。"

旧了的,何止一个我,一条牛仔裤,还有往事,还有那件白衫。

但是，因为迷恋，一件白衫便旧到美好；时常去看的往事，便旧到暖心。

我相信，这世间总有一些让人痴痴的美好，就像对一件白衫的迷恋，仿佛山长与水远的相逢，花与月的团圆，任世事沧桑，我们仍可以，以白衫相认。

第二辑

一纸古意一生墨

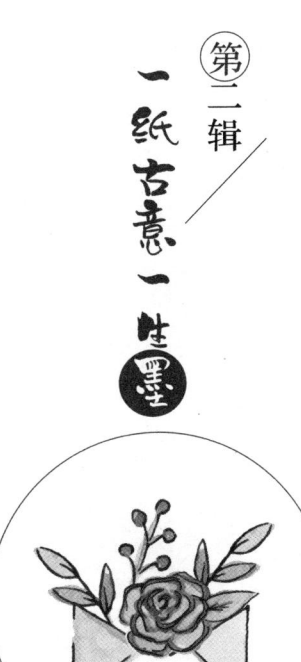

我把墨研老了,

把流水捻成万古琴,

甚至把落花铺在信笺上,

把月光洒满窗前……

我准备好了一万首美丽的诗,

安排它们在一盏茶里低眉,

在长长的岁月里某一朵悄悄开了

又悄悄落了的花上微笑。

花时宴客

> 五月,骑一匹马,到一次兖州,看一回一尺雪,那里的时光很慢,快马也懒了腿脚,走得缓缓。

张岱有散文《一尺雪》,墨简情深。

"一尺雪"原来是芍药异种,如此美的名字,真是惊艳。

而这篇散文开篇便很惊艳:"花瓣纯白,无须萼,无檀心,无星星红紫,洁如羊脂,细如鹤翮,结缕吐舌,粉艳雪腴。"

这样的芍药,这样的白,还真不愧对"一尺雪"之名了。

一尺雪见于兖州,那里"种芍药者如种麦",想象这浩浩荡荡的白,奢侈得有些过分了。

没想到更奢侈的还在后面,"花时宴客,棚于路,彩于门,衣于壁,障于屏,缀于帘,簪于席,茵于阶者,毕用之,日费数千勿惜"。

那整个兖州,还不成了花城?芍药一开,路上、门上、壁上、屏上、帘上、席上、阶上,到处都是花儿。

张岱在兖州时友人日剪数百朵送至寓所,"堆垛狼藉,真无法处之"。文末这一句,便把花之多写绝了。想想"花时宴客",能去做兖州的客人,该是怎样的乐事。

五月,骑一匹马,到一次兖州,看一回一尺雪,那里的时光很慢,快马也懒了腿脚,走得缓缓。

也许还能遇见张岱,花棚下赏花,不用续茶,一杯茶就把时光坐老了似的。也许,还会在此地定居,也做一个花农。侍奉一尺雪,款待半生缘。

养活一团春意思

> 闲散地走,捉几声清脆脆的鸟鸣,牵起一缕溪流,再回到人间,耳边有鸟鸣水声,伴窗前几盆素花,添一团春意思。

一团春意思,在诗人的笔下开花。

想要与一个人打马下江南时,心里是抱定了这样的一团花明深情。就算剩下你一个人,仍然能懂烟雨催花,也催那纸上泛了黄的一匹马,因为心里从不失一团春意思。

早早地描好了小桥流水,描好了红堤柳、青石巷,又把凉凉的喜悦描上眉间,把相思描上丁香枝上豆蔻梢头。

曾国藩的自题联"养活一团春意思,撑起两根穷骨头",实在是好。内在柔软,外在刚强,做人当如是。也可以说,正是内在的柔软,让心更强大,所以才有外在的刚强,才有挺直的脊梁。

人生的四季里，有的人花枝春满，有的人雪窖冰天。那些能在心中养一团春意思的人，内心丰盈，别有洞天。

你见不到他眼神中瑟瑟的风，你听不到他嘴里冷冷的雨，你在他身上，一直能看到花开，闻到花香。

山至幽而深，深而静，静而僻，僻而结庐居。到这样的境界时，春有意，给你开百花。他日，有人寻来，自会寻一条心径而来。

即使进不得幽深山林，仍能找点闲暇，临近有山则登山，有园则逛园。纷绿猗猗日影多，你落下的脚印，正好落进春的诗篇里，说不定会开出花。

闲散地走，捉几声清脆脆的鸟鸣，牵起一缕溪流，再回到人间，耳边有鸟鸣水声，伴窗前几盆素花，添一团春意思。

清代尹似村《小园》有绝句云："春草自来芟不尽，与花无碍不妨多。"春草哪会有人芟除得尽呢？花又从来无人嫌它多。

这是多好的一团春意思，就像那年在山村，看到一户人家在高高的石级顶上，听说主人早已搬了家，但台阶处一丛野花，却生得旺。多年里，常常怀念那丛花。仿佛它是一个美好的预言，参不透，却引领人看到美好。

人心中也应该春草绿满，花开满，有如此一团春意思，风尘难改鬓华，一生都是好花天气。

静女其姝

《诗经》里最美的女子，我认为，莫过于"静女其姝"。一个"静"字，是娴静之貌，是静好之姿。

我多想，看到我如游丝的命，被你尽数拎起，然后在我落花着雨的欲里，一寸一寸的软香，怒放半世盛唐，来吧，等你这盈怀一抱，勒紧我。

这一段，是很早前为一幅凄美的水墨画起的句，画中有烟岚、苍苔，也有明净溪水，女子如一缕烟，发丝瘦尽，立于山水间，眉清含浅笑，似等非等。我读的，却是她飘零的凄楚与不绝如缕的守念。

如此一念，是"倘若玉京朝会去，愿随鸾鹤入青云"，是执念，到此最美，到此也最好。如果真能如裴航乞药，玄霜捣尽，得求贞意，得道成仙，自是美意。不然，夜夜清辉浇愁，怨眉生风，落得纸薄半秋，顾影自怜。

这样的女子，当得起一个"姝"字。《诗经》里最美的女子，我认为，莫过于"静女其姝"。一个"静"字，是娴静之貌，是静好之姿。

因静而"看取莲花净"，自然大美之境，往往在一个"净"字，"风烟俱净，天山共色"，情感至美之境，是好景虚设，把心上人念旧了，仍能"戏临小草书团扇，自拣残花插净瓶"，如此娴静之美，"琴瑟在御，莫不静好"。

能做到一个"净"字不易。连理共枝、同心结蒂之愿不得，最终只做闲花野草，半老佳人，还得翠袖挥老，目水瘦尽，寒帐透明月，自得一番修心。

清风忽来好伴

能有幽的心，才能对忽来的清风，神思清渺，心意入画，禅定入诗，美在自在；能有幽的心，才能临小窗，半开花期，半掩凋落，月留影相伴，故人犹在身畔。

《小窗幽记》里尤其喜欢"幽堂昼深，清风忽来好伴；虚窗夜朗，明月不减故人"这一句。

这"幽堂"，虽有一分孤寒，却心有闲风月，锦帐做书卷，卷上起清风。因而，也不愧这"幽堂"二字，因幽而生薄念，不多纠缠，也自有可赏风光——钩帘望月，风吹竹摇，清风是他唤来的良伴；云低发鬓，淡月修眉，明月是他寄来的良宵。

幽字最妙。

幽是厅堂昼深，清风过长廊，门槛边都是"泉水激石，泠泠作响"，屏风上尽是"好鸟相鸣，嘤嘤成韵"。

幽是虚窗朗夜，明月化作相思帕，残灯里照的全是鲜衣怒马，闲宵自在，冷衾上开的尽是花明色暖，仪态自持。

幽是心尖的莲花座，愿为花，愿为果，不强求，而观自在。

能有幽的心，才能对忽来的清风，神思清渺，心意入画，禅定入诗，美在自在；能有幽的心，才能临小窗，半开花期，半掩凋落，月留影相伴，故人犹在身畔。

这一幽，是一春鹅黄，一夏苍老绿，一秋明净，一冬素白，一生是画中水墨，坚洁，冷峭，坐穿山水。任他在别的地方大好山河，或者宿墨入画来。

而此时，一清风一明月，便是一个人幽怜自持的山水佳期。

人豁然其间，仿佛再无杂念，看尽前尘与后路，都在这幽幽一举首一低眉间，修一山清风缘，得一溪浣花愿。

|小窗明|

> 一室幽,一窗明,闲翻书,看窗外,人间词话,多少往来客。自在小窗,守一心二伴三友,足够。

白居易有小窗,名"北窗"。

从其为北窗所作诗中,我粗浅地归纳了此北窗给白居易带来的"一心二伴三友"。

一心即"心闲岁月长"。

在其《北窗闲坐》中,开篇即是"虚窗两丛竹,静室一炉香"。眼中看竹两丛,心里闻香一炉。人最后,不过居一室,看一窗小景;归一心,得一把闲岁月。

二伴即"一片瑟瑟石,数竿青青竹"。

出自《北窗竹石》。闲来临窗坐,眼里只有石和竹,仿佛此生别无他事。想想也是,孤中苦中一拳石,喜时乐时几竿竹。管他风雨来去,自静默如石,风摇竹响。

三友即"琴罢辄举酒,酒罢辄吟诗"。

出自《北窗三友》。如此雅窗,怎能少了三两好友?琴友弹,酒友和,诗友咏;一个来自高山流水,一个来自明月花间,一个来自桃花三月。

一室幽,一窗明,闲翻书,看窗外,人间词话,多少往来客。自在小窗,守一心二伴三友,足够。

清风明月还诗债

> 青山是诗，幽月是诗，微风、细草，又是诗，木兰坠露，
> 秋菊落英，白云抱溪石，清风吹花影，哪个不是诗？

与你在最美的一个词上坐一坐，听听风，看看月。这是多么美的事。也许太诗意了，与日常，与朴素人间，显得过于缥缈。也许又是因为，明知皆是俗人一个，所以此生欠着彼此一份诗债，便要借了清风明月，与你花影婆娑。

在这个世界上，有时我们什么也不缺，缺的就是一颗诗心，一份诗情。因此我们欠了生活，或欠了一个人一份诗债。

马致远有一曲也提到了"诗债"："酒旋沽，鱼新买，满眼云山画图开。清风明月还诗债。本是个懒散人，又无甚经济才，归去来。"

酒与鱼刚买好，见到的是云山画图，一派隐逸之趣。俗世里过着，

心头还想着诗债,这样的人,生命永远绽放着潋滟的光。

有人评说,前四句勾勒出一幅"隐居画卷",眼前便出现一个诗人酒喝好鱼吃饱,刚站起来,就跌跌撞撞,一个趔趄,从画里掉了下来。猛一惊,想起自己还欠着几首诗债,赶快趁着清风明月去写吧,还上了债,才能再隐居到画中去。

我更愿意把这一句"清风明月还诗债"理解成一个"借"字。李白有诗,"清风朗月不用一钱买",所以马致远在买了酒与鱼,看到美景时,洒脱的情怀,自然而然——借清风与明月为诗,还俗世一份诗情。何其豪放与不羁。

马致远的散曲,确实是"豪放中显飘逸、沉郁中见通脱"。恨古时留不下声音,所以听不到马致远的唱曲。若这时能听得这一曲,耳朵该是怎样的享受,余音不绝,意味十足。

马致远写了很多"归去来"。买了酒买了鱼,看到了好景想起了诗债,归去来;看到故园风景依旧在,三顷田,五亩宅,当然也要归去来。

我总觉得,一个人眼前有千条路,必须有一条是通到内心的。归于内心的人,才能看得见万物迷人,才能看花写诗。

我一直也愿意做这样一个走向自己内心的人,也许是为了看看清风绕满的花枝,走一走白云搭起的石级,也许是为了一页某人留在心中的诗稿。

走向内心，因为我欠了自己，欠了世间，一份诗债。

为还一份诗债，我把墨研老了，把流水捻成万古琴，甚至把落花铺在信笺上，把月光洒满窗前……我准备好了一万首美丽的诗，安排它们在一盏茶里低眉，在长长的岁月里某一朵悄悄开了又悄悄落了的花上微笑。

我会用一个诗人深情的诗行告诉自己："从春天开始，你要再次出发。爱上沿途的美，也爱上沿途的厄运；爱烟火里的温暖人间，也爱尘世里的薄凉。"

清风明月还诗债，还的不过是一点善，一点美，一点暖，一点苍凉中而永不失却的多情与喜悦。

那些诗债，让生命的笔尖静了，静生幽，幽生高洁。如此，也终于明白，美的诗，在纸上，也在眼睛里。青山是诗，幽月是诗，微风，细草，又是诗，木兰坠露，秋菊落英，白云抱溪石，清风吹花影，哪个不是诗。就连你的名字，你带走的岁月，都是我永远爱之不尽的诗债，让我身在俗世而清澈美好。

我相信，欠俗世一份诗债，才能向自己的内心走去，才能归去来。然后才能与你，在最美的一个词上坐一坐，听听风，看看月。

有人赠云

> 赠诗，一定赠的是云一样的情谊。云来拂窗，拂花叶，拂一碗粥，一夜月，我们读到时，云就住进眼睛里，飘在心头上。

袁枚在江宁做官时，有秀才曾赠诗给他。其一为"谁道楼前多鼓响，只闻花外有琴声"，大意是称赞袁枚为官之清正。袁枚却回说，不如宋人有诗，"雨后有人耕绿野，月明无犬吠花村"。

世道之清，大概莫过于一份安宁自在，安心地做手边事，宁静地活在花村里。人心何尝不是这样？能夜眠卧榻听雨声，晨起开窗看落花，最是自在。

后来又有人赠诗，袁枚写道："又有人赠云……"后引其诗，我却只在"有人赠云"四字上停顿。我把此"云"只当自然之"云"来看。

袁枚一生得到许多赠诗，每读都惊羡不已。赠诗有情谊在，想来那情谊也如云一般。

大凡有人赠诗，袁枚都喜欢直接用"赠云"，也没什么太多新奇，但每读到都会眼睛流云，清澈开来。比如他还写"见赠一篇云"，寥寥几字，禅机如春水。

若"云"字仅从字面意思来看，真是另有一番韵味。

赠诗，一定赠的是云一样的情谊。云来拂窗，拂花叶，拂一碗粥，一夜月，我们读到时，云就住进眼睛里，飘在心头上。

清风明月自在，来你窗，来你书页；你眉目明媚，有人赠你云，无言处最妙契。

|竹楼听雨雪|

> 一粥一蔬,一茶一酒,相与忘尘。于竹阶高阁上,启开竹窗,雨时窗外一片水墨,雪时片片好雪,不落别处。

夏竹瘦绿,老家门前十几株,每回去都要蹲看新竹拔节。

北宋王禹偁曾说:"夏宜急雨,有瀑布声;冬宜密雪,有碎玉声。"看至此,整个人已被古人那简单之词所吸引,急雨瀑布声,密雪碎玉声,如此通透,借"瀑布""碎玉"便把一"急"一"密"写活了。

再一看,后面还有一句:"皆竹楼所助。"初一看,人便一下呆住;略一走神,人便莞尔一笑。

原来,夏之急雨,冬之密雪,最宜听的,是于一竹楼里。

竹与雨,与雪,一定有着赏心的清韵与淡泊。

雨打竹叶,簌簌清响;水染竹节,仿佛要把一管箫晕开,等一个白云般的人,来吹绿一溪水。

雪落得一定是无声的,是远道而来的客人,此季没有清妍水木,只有素而静的年月,两两相会,知心知音。

竹楼是令人向往的。

于竹林深处,它是一横一竖一撇一捺组成的字,粗麻绳绑在一起,敦厚有韵。

于其间坐,再听一场雨,一场雪,笔下的诗篇,一定会起微风;抬步每一脚,咯吱咯吱,是竹音,更是日月箫音。

与一个知心人,最宜竹楼听雨雪。

一粥一蔬,一茶一酒,相与忘尘。于竹阶高阁上,启开竹窗,雨时窗外一片水墨,雪时片片好雪,不落别处。

流水桥何在

> 每去山中,我总觉得心中有流水,听鸟鸣清澈是水,看白云缭绕是水。

一年中总会有那么几个清晨,早起,穿过车流到一座小山,或去到任何幽静地,春时能听得鸟鸣如溪水,秋时能见得白云似流泉。

清代余怀去好友张一鹄处,见其庭院美景,不吝笔墨,一一记之,确实美不胜收。梧竹、峭石、野花、回廊,又有楼阁、斋舫,"事事不让古人"。

特别让人羡慕的是,"廊穷,忽接一门,为来鹤楼。楼下河流如带,水从复道滔滔而泻入于池"。

心有胜境,才能造就古人佳处,再偶然诗酒间,不辞尘世缘,好是惬意。

因这一佳处，余怀作诗中有句"流水桥何在？轻阴阁未移"。这两句，越品越有情味。

"流水桥"不难理解，与之相对的"轻阴阁"稍费心思。

借杜甫的《书事》一读，也许就能见分晓："轻阴阁小雨，深院昼慵开。坐看苍苔色，欲上人衣来。"

从字面看，杜甫于一小阁中，逢着小雨，引一番情思，这情景多动人。但联系后句，这里的"阁"是通"搁"，表示雨停止了。

杜甫妙笔一书，却说是轻阴搁开小雨，境界自然又让人回味不尽。

那余怀引用的"轻阴阁"就好理解了，他此处用得也是非常妙，单就直接将阁用作本义，即使流水桥不见了，或桥在水不流，但轻阴阁仍在，雨总会来，水便总会再流。

这也难怪，每去山中，我总觉得心中有流水，听鸟鸣清澈是水，看白云缭绕是水。

一座山，流水桥何在？

就在眼里、脚下、心中啊。

|珍重好花天|

> 一生心里开着花,下着雨,笼着烟,夜深微月挑灯坐,坐久忆年时。情不到深处,看不到西风剪芭蕉,凉月拂着旧衣裳。又薄凉又温慈,又忧伤又美好。

也许岁月里存不下一处溪月云窗,看到的,不过是"湿尽檐花,花底人无语",所以纳兰叹"青鬓长青自古谁,弹指黄花九"。

一生心里开着花,下着雨,笼着烟,夜深微月挑灯坐,坐久忆年时。情不到深处,看不到西风剪芭蕉,凉月拂着旧衣裳。又薄凉又温慈,又忧伤又美好。

旧事旧了,在纳兰一曲《荷叶杯》里,与往事相坐忘言,但心里仍有一句"珍重好花天",是最好。

记得某天路上有细雨,就要到了我要去的山脚下时,隔着宽敞的马路,一回头,看到对面一大门口一片黄花,很耀眼。

我在马路对面,有一种缥缈不真实的感觉,在这一回头里,那片明艳艳的黄,却又让我突然觉得,有穿一袭白衣的人站在那里,就太美了。

那是人生的好花天吧,再回过头,我知道,我人生的天气预报,会播着这样一句:明天天气微凉,但仍是好花天。

我一直觉得,自然有自然的天气,人也有自己内在的天气。微笑是一种天气,从容是一种天气,善良是一种天气,温柔是一种天气;草色是一种天气,清风是一种天气,月色是一种天气,好花是一种天气。

一路走来,生活清淡下来,人事看淡下来。就像一棵花树,越老花开得越清越凉。

或许最美而又最该珍重的便是内在的天气多少多少个弹指,仍是好花天;也总有那么一个人,是你一生的好花天气。

长日清谈

> 一个人饮茶,饮的是光阴的香,是独自的清欢。能在自己的世界里时有清欢一场,向内丰盈,是一种能力。与友人小坐清饮清谈,能忘我,亦能找到另一个自我。

明代文震亨《长物志》中有《茶寮》篇:"构一斗室相傍山斋,内设茶具。教一童专主茶役,以供长日清谈,寒宵兀坐。幽人首务,不可少废者。"

会友以茶,入诗以茶,是古文人雅事。此篇寥寥几语,道明烹茶之讲究。

在哪儿最宜?自然山中,最好山斋旁建小室,专供与友人对坐饮茶。

另需小童专事烹茶,如此,白日清谈,夜里独坐,便有足够的茶水相伴。文震亨认为这是幽居之士第一要事,万万缺不得。

现世，缺的不是茶，不是幽室，而是一颗可以长日清谈的心。

一个人饮茶，饮的是光阴的香，是独自的清欢。能在自己的世界里时有清欢一场，向内丰盈，是一种能力。与友人小坐清饮清谈，能忘我，亦能找到另一个自我。

或夏日凉亭，或月下长廊，或雪夜窗前，茶香袅袅，两个人，能让时光慢下来，是白云与幽石，溪花与禅意，相知相欢。

这样的清谈，离尘世很远，甚至离一杯茶也远。

两颗心，静笃，喜悦，饱满。也必是去了浮躁，除了杂念，简单而清喜。

人一生，有这样一杯茶，有这样一个可以长日清谈的人，心中便有清泉映月，修竹引风。

|事了拂衣去|

> 功名事,尘烟事,般般事,都如此了了。心之所至,无远弗届,去不到,只是因为尘缘未了,心事未尽。放下处,拂衣而去,忘的忘了,藏的藏了,化作长风,云月与花木。

也许人人心中都曾有一个侠客梦。

"赵客缦胡缨,吴钩霜雪明。银鞍照白马,飒沓如流星。"李白的《侠客行》中记录了赵国侠客的形象,其帽上点缀着胡缨,吴钩宝剑明亮如霜雪。银鞍白马相辉映,飞奔如飒飒流星。

行走江湖,正气凛然,气冲霄汉,潇潇洒洒,气吞虹霓。这是何等豪气的人生。但是,年岁渐长,慢慢不见了侠客,也不见了梦。

是岁月带走了一个侠客。

让人有一些感慨,有一些唏嘘,更有一些失落与无措。

其实,走就走了,正是"事了拂衣去,深藏身与名"。

我们何曾不是在"江湖"中,"十步杀一人",杀了幼稚、软弱,杀了困顿、迷茫,长剑在身,所向披靡,终是身背功与名。到了该对月当歌、把酒临风的人生时节了。

可是,终归有追忆的霜,千里追杀,逼你退到无可退之地;有年华的雪,万里冰封,封你一片白茫茫的沧海桑田。

如果,仍身陷梦中,久了便成樊笼。当初自有悔,如今亦有憾。身上老剑,还有多少霜雪明,能劈开一条风轻云淡的路。岁月的风刀霜剑才是所向无敌的啊。

所以,不如"事了拂衣去"。去到一庭空阔,小窗印花影;去到一方荒林,闲云落溪流;更要去到一心活水,如石涛所说,"消遣一枝闲拄杖,小池新锦看跳蛙"。

功名事,尘烟事,般般事,都如此了了。心之所至,无远弗届,去不到,只是因为尘缘未了,心事未尽。放下处,拂衣而去,忘的忘了,藏的藏了,化作长风、云月,与花木。

|闲数残荷几朵花|

> 我爱笔墨,光阴铺好的笺上,我会闲笔写下几个字,寄不寄给你,你都是那些红红白白最美好的回忆,千娇照水。

秋水一瘦,便开始对荷生一分怜。

不知当年苏轼是在怎样的情形下,写的"重重青盖下,千娇照水,好红红白白"一句。这一句,简单,质朴,一直难忘。那一眼"红红白白",从此让我一看到满池的荷时,微微一笑,念的不过是这四个字,一个"好"。

所以一到秋,就会为荷的枯而有些不舍。幸好有李商隐一句"留得枯荷听雨声",留给后人何等的隽永情味,念念不忘。

枯荷虽残,却是人生之境。是老境界,至简又浑厚,澄净且能退静,守一层层的凉,叠一沓沓的雪,能美得人心神跌宕,也敢放任红红白白的蹉跎，超拔而放逸。

也是因此，特别喜欢明代黄淑德《秋晚》中的两句："凭阑自爱秋容淡，闲数残荷几朵花。"

人生终是要从繁杂走向简单，从喧嚣退到宁静。也正如《秋晚》中所言："柳外慵蝉噪晚霞，风床书卷篆烟斜。"于一室内，于心的僻静处，得到自然而然的安顿。

如此，才会更爱淡下去的秋容，因不困守，不纠缠，所以才能心有闲逸，数得残荷几朵花。

如此，如果我爱书，终老时就留下几本书闲来翻翻；如果我爱琴，岁月深处也只留下一张琴，闲时送山川草木几支闲曲；如果我爱笔墨，光阴铺好的笺上，我会闲笔写下几个字，寄不寄给你，你都是那些红红白白最美好的回忆，千娇照水。

|采莲曲|

> 不是每个人心中都能长出莲,更多的时候,是晚凉含笑也要上兰舟,去寻一池心荷,不牵绊,不愁怨。

古时留下不少《采莲曲》,五代南唐诗人李中的一首别有韵味:

晚凉含笑上兰舟,波底红妆影欲浮。

陌上少年休植足,荷香深处不回头。

其韵味在于,"休植足"和"不回头"。即使晚凉惹愁,依旧含笑而去,采莲女心中只有莲,那兰舟该是一条鱼,穿梭荷香深处。即使陌上少年,也牵不住这小舟,不回头,不回头。

想想那些见回风摇蕙而生凄凉的人,采莲女倒似荷丛仙子,纯真可人。

明代陈洪绶《拈香图》中的女子,细眉斜锁,手拈残香,目含愁怨,悲凄的是"一点残红手自拈，人自怜花人谁怜"。确实让人生怜爱。

一个人若能向外有悲悯心，向内有喜悦心，或许才能得人生情味。

所以，那采莲女，是多么让人欢喜。在她眼里，舟行处，莲叶莲花即使有枯意，她仍是含着笑。喜欢这样的人，生活中亦有如此明朗、饱满的人，明明受尽苦难，仍含笑迎接每一天，在他们心中，有一支采莲曲。

人还是得有点饱满的喜悦心，自怡悦，自风情，回环自如，无所滞碍，舒卷内心烟云。

不是每个人心中都能长出莲，更多的时候，是晚凉含笑也要上兰舟，去寻一池心荷，不牵绊，不愁怨。

也许能采得荷，晚了还有饱满的莲蓬，如果还是晚了，便可以采来一曲，荷风填词，装满小舟。

浪呼云气老狂生

> 无怀,恰恰是最博大的胸怀,因为敢于放低自己,甚至放下自己,做到无我;澹心如水,自流东西,落叶落,浮萍浮,恬静不浊,清者自清。

清代余怀既有性情,又有温情。长年的颠沛流离,心怀天下,即使不得志,仍能于情于理得安然。

所以他才能不混杂于虚空而写尽秦淮艳冶佳丽地,生一分怜悯心;又能三吴游览,于温情笔墨里,记山记水记衷情。但在他内心,他的一句"静对佛灯闲太史,浪呼云气老狂生",却是他真实的写照。

面不动色,心不动气,越是有狂的资本,越是不与世计较,也不与己纠缠。

诗中太史方坦庵,也是有幸人。余怀与他,可以放纵豪情,也可以静静相语,所以他叫这个名字也好,坦坦于心,不必藏而掩之。

人一生能静对佛灯，又遇旧知，恰逢的时机，浪呼一声，与之对坐的，必是狂生，自己亦是心中生狂。但也只有这样的时候，才可以这样地狂。

即使到老，仍有云气在胸，仍是老狂生一个。

这样的情怀，于外世是无，于内心是澹。所以特别喜欢余怀的字号，其中一字是"无怀"，一字是"澹心"，号"广霞"。因为无怀澹心，所以才能看到广阔之霞。

无怀，恰恰是最博大的胸怀，因为敢于放低自己，甚至放下自己，做到无我；澹心如水，自流东西，落叶落，浮萍浮，恬静不浊，清者自清。

何尝不想做这样一个人，云气浪呼，又能老到痴狂而自醒。

那就于山中有性情，于世间有温情，常留云气在胸而怀淡泊，天露甘茗，自在一狂。

孤月林初静

> 原来，我一生所爱的静，是为了迎来枝爬新绿，又开红花；原来我一生所爱，不过是看山里桃花笑了，看你笑了。

从明朝诗人杨行恕的一首《香山》诗中挑了两句放在一起，别有韵味：翠阁云来依，孤月林初静。

登过小阁，不高，可望山望云，云来相依。是深夏的阁里，中午小睡其中。醒来时，已近傍晚，忽觉这一睡，就像睡了千年一样，月已上林梢，林初初而静。

不与人语，无人来扰。孤绝地沉默着，看风声与松涛话别，看夕阳挥别黄昏里的一对爱人，恋恋不舍。

总是想象着，有那么一座小山，山上有僧人，有小阁，向僧人取经，不为圆满自己的人生，只为不愧对半生的坚贞。

其实"孤月林初静"一句,对应的下句是"空山梦亦闲",更有境界与况味。

杨行恕一定是在香山的夜里住过,一定与孤月对酌过,一定也在万般静下的深夜里,睡得踏实、安然,尘世的梦,都闲了下来。

也只有在山里,孤月高悬,清辉洒了一地,这时花影静了下来,书页静了下来,山林静了下来,人也静了下来。

我们在尘世里,最需要的不过是这样清清白白的静,毫无打扰、毫无嗓音的静。

有时本想去山里,但琐事缠身,不得如愿。

那就于静夜里,怀想一番。心怀孤月守静,月移远山到窗,可以尽情地怀想山里小山桃在做着温暖的梦,任枝枯着,风又吹着,任雪白着,又有月洒来清辉。

但这静,是在等着什么吧。

或许是在等着一声惊雷,便蠢蠢欲动,尔后绽开笑颜。

原来,我一生所爱的静,是为了迎来枝爬新绿,又开红花;原来我一生所爱,不过是看山里桃花笑了,看你笑了。

涧花相唤开

> 那些轻轻摇摆的野花,是它们相唤而开,相约一起走一趟春路,为了遇见风,遇见云,遇见水,遇见赏花人。

去看了垛顶山的玉兰树,玉兰还未开。

又在盼春,心里一遍遍地唤着。仿佛这一唤,然后那些花,就嚷嚷着争着开。

早春有云,少花。只有云铺路铺阶,可能等一朵花和另一朵花远道而来,可能等一匹小马嗒嗒而往,可能等一对新人牵手攀阶。

春里还有溪水,越石而欢。

是雪落了一冬化成水,是云掉了几朵柔成水。云唤不来的花,溪水来唤。

你若牵起一条小溪,一路蜿蜒而行,你总会走着走着,便发现溪岸有野花开。

野花明媚，干净，好似眼睛，纯情得让人无法抗拒。野花无名无姓，是谁唤它们来到人间？

一开一片，一朵一朵相牵连，与风舞，与云与溪水道安。

恍惚间，那些轻轻摇摆的野花，是它们相唤而开，相约一起走一趟春路，为了遇见风，遇见云，遇见水，遇见赏花人。

在一首明朝的《滴水岩》诗中有句"涧花相唤开"，轻轻念起，会忽然感觉有花香滴落唇间，轻轻，润润，那么美，美到让人立刻想逃离人间，抛开繁华，弃了名誉，只身而深往。

孤身前往，前往一条云路，亲昵一溪水，亲昵一溪花。

云路小马入，涧花相唤开。

我们像古时的赏花人一样，除了早春赏花，似乎没有再重要的事情了。

|听水就窗眠|

> 我们最需要的就是清澈的水声洗耳，如此才能听到一朵花绽放的声音，才能听到一首音乐美妙的韵律，才能听到一首诗里古人的细语，才能听到天籁之音，听到寂静之美。

窗前若有水声，如帘垂挂，那该是多么美。

春听流水，听水流成一溪落花词，涓涓作声，旖旎动人，好像世间再也没有什么事情比坐在窗前看书品茗听水声还让人开心的了。夏听流水，听水流成一溪云歌谣，朗如珠玉，袅袅醉人，偶有清风来坐，携了一地醉花阴，然后消磨半个下午，得无心之美，清凉之意。

读明代熊开元《宿韦公寺》诗，其中有四句："入烟随岸步，听水就窗眠。夜起观僧定，庭空月到全。"

开始更加羡慕这样的居所，云烟缭绕，人随岸走，深山之美，赠人清宁之心境。如此再睡在山里，临窗听水，人枕着水声入眠，或潺潺,或叮咚,睡一个安稳的好觉。

即使不舍得睡,起身看僧人禅定,月色移到厅堂,世间万般都静了,你站在那里,会不会一霎感觉自己也静了,静在山水画卷里。

记得看台湾作家朱天衣十多年前为了她的动物同伴们有更好的生存环境,开始了潜居山中的岁月。她亲自选址、规划、建造。其中,最吸引我的就是,她说她的山居之所不远处有小溪,她拍了照片,溪石、流水、落叶,一派清幽之境。

在这样的地方居住,写出的字,一定都有流水声,一直流到人的心里去。

王开岭在一篇非常美的散文中提到,耳朵就像个旅馆,熙熙攘攘,谁都可以来住,且是不邀而至、猝不及防的那种。其实,它最想念的房客有两位,一是寂静,一是音乐。

是啊,我们的耳朵装下的声音太多了,有一些是不邀而至的,有一些其实也是自己打开耳门放进去的。长此下去,耳朵就存下了污垢,最终再也难得清净。

这个时候,我们最需要的就是清澈的水声洗耳,如此才能听到一朵花绽放的声音,才能听到一首音乐美妙的韵律,才能听到一首诗里古人的细语,才能听到天籁之音,听到寂静之美。

相思一夜梅花发

> 每一朵梅,都是相思的眼。梅生香,疑是君,不思量,自难忘。

将一个人的名字,念念在唇,便有暗香,也透着一点凉。

像梅花。

是"相思一夜梅花发"啊。再想想卢仝这首诗《有所思》,其题正合此句意。

人心有所思,长夜恰似一个绵长的怀抱,再突然看到窗前梅花,在破晓时分幽幽地开着,那一刻,喜悦抱着愁心,仍坚信,那是你心上的良人。

于是卢仝有了下一句:"忽到窗前疑是君。"

为这样清喜的情怀而暗暗喜悦,也禁不住有感而发:一夜无眠为相思，窗前梅花暗自香。

见梅如见君，但花不语，梅花只独自暗暗地香着，犹如人心中的思念。

每到冬天，我都会开始盼雪。雪夜最好，雪夜最好人在山中，什么也不做，世事不理，书放一边，只听听雪，听雪干净地落着。

落在门前，掩去世间繁杂的脚步声；落在檐上，静静倾听白月光讲述那些温暖的旧事；落在窗前的书页里，细细密密，好似生着香。

这样我说了无数次诗一般的句子——心中拨亮诗歌的炉火，一定能温暖一树梅。

这样的雪夜，闭门闲书不读，一定会相思忽发？

相思自然苦，雪夜相思便更惹愁。想那窗外，白茫茫一片，那寂寞的白，盖着天，盖着地，思而不见，惆怅也铺天盖地，寂冷得心上只有断肠句，哪还看得到梅花生发。

眼睛里若看到的是雪，滴下的就是清泪斑斑；耳边落下的若是雪，染上的就是岁月的风霜。相思到寂冷，难免忽生凉意，这时再看梅，梅是点点心上愁。

所以，"相思一夜梅花发，忽到窗前疑是君"，细品又带着几分岁月静好的安闲。

明明相思一夜，点点滴滴，历历在目，已不知身在何处，忽看窗前梅花初发,是不是如同良人寄来几缕香?

这样的梅,是不悔。

也只有这样的梅,才有暗香。

你看梅花疑是君,梅花看你恰如玉。相思就该这样,在一朵梅花上,便能看到彼此。而不是悲悲戚戚,患得患失。

每一朵梅,都是相思的眼。

梅生香,疑是君,不思量,自难忘。

萝月满归车

> 春天看藤下月色,也许是清凉凉的美意。就是那么美啊,轻轻柔柔,洒下光辉,又伴你三更天,还让你装上一车的月色,回家。

偶读明代郑宣化一首《夏日集韦公寺》一诗,有点长,也有点深禅之境。其中一句"萝月满归车",让我久久迷恋其中。

萝月,解释为"藤萝间的明月"。我觉得换作"月光",或者"月色",更妙,月光与月色,更具象,更旖旎。想那寺庙白日里香火袅袅,佛音靡靡,让人心静如水,心神空明。到了夜里,或跌坐或闲步,几缕月光照身,清凉世界,迷顿困苦皆可抛开。

而藤萝间的月光,更洒然,像酒肴,是可以醉人的。

但寺庙之地,有酒不敬,一是不敬意,二是不敬那些光阴更声一声声,要敬,只敬花间一声词。月光也是花啊,开在藤萝间。

查过资料,看到宋代释绍昙诗中一句:"萝月四窗云万壑,见成一片祖师心。"

祖师心,是无心地,也许我们悟不透,但四窗萝月时分,静静心中生念,静静月笼四野,仿佛突然眼里心里身体里都生了云,生万壑云。

这时不论你在寺庙,还是深山里,一架藤下,萝月可装车,随后驾马到人间,走一尘土,也生半世情缘。

月到窗前便是缘,月移花影便是情。

在尘世里,萝月弄琴,琴生流水,水净眉目。

就像唐朝沈佺期《入少密溪》诗中那句"夕卧深山萝月春",春天也是明净的,溪水,花瓣,一页往事的轻叹,一桌诗稿的空白,都是这样明净。

而春天看藤下月色,也许是清凉凉的美意。

就是那么美啊,轻轻柔柔,洒下光辉,又伴你三更天,还让你装上一车的月色,回家。

萝月满车,归去也是归来。

小蛮酒

> 眼前自然有画卷,与友人倾一壶小蛮酒,说几句世外的话,三言两语,却是深夜满山回以寂静的清响。

清代袁枚所记"小蛮腰"一则诗话,以香山的一句诗"杨柳小蛮腰"说起。他以为,这小蛮,自然是歌女的代名词,却不想在后来一首《寄禹锡》诗中,有诗人自注曰:"小蛮,酒壶的意思。"袁枚一定很惊讶,所以说:"'小蛮'竟有二解。"

如此再回想香山笔下的"小蛮腰",是多么细腻的比喻啊。那酒壶,细腰身,妖娆惹人。眼前自然有画卷,与友人倾一壶小蛮酒,说几句世外的话,三言两语,却是深夜满山回以寂静的清响。

我想这样一壶酒,因为在山间,而喝得自然让人无所缚系,天地一醉。

常去爬山，除了一瓶水，几包便捷小吃外，也喜欢在包里带一罐啤酒。因酒量差，一罐足够。一般是春分过后，或立秋过后。

《林泉高致》有句："春山澹冶而如笑，夏山苍翠而如滴，秋山明净而如妆，冬山惨淡而如睡。"我想，大概只有流连山水间的诗人，才能得如此简明之语，又有深邃之意。

我春秋入山多，所以这春山之笑，与秋山之妆，实在是感悟很深。春山多"静"，秋山多"净"。其实"静"与"净"，虽然是两个意思完全不同的字，但不论春与秋，这"静"与"净"，又是相通的。

不过，春山的静，与秋山的净是不同的。

草绿得静，鸟叫得静，春风暖扑面，一下子让人的心也跟着静，那种静，是静美，静得如美人的笑。美人最美的笑，便是那样静静的神色，透着淡淡的美。

秋山枯出了净，风干净，鸟声也净，更是美人脸上净的妆容，带一丝惆怅的美。

这种细腻之美，也如小蛮酒，是能醉人的。

在这样的山中，一个人，或与友人，与心爱之人，择一绿草地，随意坐，山风送爽，花送菜肴，一杯酒下肚，比任何时候的酒都美，都香醇。

是一句"江南好，千钟美酒，一曲满庭芳"中的妙意啊！如此人间奔波之余，难免会念那"红杏梢头挂酒旗"，难免"绿杨堤畔问荷花，记得年时沽酒那人家"。

人间沧桑，"一曲新词酒一杯，去年天气旧亭台"，惘然之余，自然对山中往事念念不忘。

所以，此生一直在向山中走去，带一壶小蛮酒，做一回自在山人。

|为世间疗俗|

> 为人当温良细腻,不失礼仪端庄,又有孤云一窗,缥缈出尘,心月一轮,皎洁自好;处世如云影在水,自静生禅心,又似月色浮水面,有人看上一眼,看到月,又看到月走了,懂的人自懂。

世间,这个词,读着想着,都那么美好。有烟火味。

所有的美好,发源地绝不是在世外,一定是烟火里。之所以有隐遁之人,是世间有俗。所以隐士了无牵挂,去到白云深处。

甚至抛开一切,只穿裹体的衣。这件衣,是他与尘世的唯一联系,也许还带着一点尘世的味道,但是早被一次一次地洗过。

隐去的人,从此一生的衣上,飘着云,染着月色。

明末才子汤传楹《闲馀笔话》中有言:"吾辈一身得秋气多,便是雅人深致。若得春气,则近于思妇。得夏气,则近于热官。得冬气,则近于隐士。固当以萧瑟清旷,荡我襟情,兼持万斛秋光,为世间疗俗耳。"

好一个"持万斛秋光,为世间疗俗"!

这位苏州才子英年早逝,非常可惜。一直喜欢他的诗词。他骨子里自有一份清雅萧散,所以在沿袭着李贺诗歌风格中的"浓艳怨郁"之余,却有自己的婉丽明秀,清新脱俗。明将亡,他亦逝,这句"为世间疗俗"尤其惹人心伤。

我们还得在俗世里过,但因为愿意为自己的世界疗俗,所以我们看世界的眼睛空了,空则生万物,生欢喜心;我们对万物则心有柔软,柔软了,花就开了,香就来了。

为世间疗俗,为的不过是自己的一寸心田,疗的不过是一世的缘。如此,我们自己的世间,总是静一分,清澈一分。从此,春天里,花明风净;尘世里,月白窗清。

即使历经尘世的劫,江湖夜雨十年灯,仍能灯下暖书,与世安好。

有朋友问起,想不想过锦衣玉食的生活,或者回到古代做皇帝?

我回答得很干脆:"宁愿做山间野夫,守几亩薄田,看心上人绣花。"

我喜欢简单,也做不了复杂事。世间之俗,我无以为疗,但至少我可以看花、种菜、打扫、洗心,活出自己的一份清净与自在。

我知道,有此愿的,大有人在,所以我一直与尘世美好相待,与美好事物温柔相交，只为了世界上同样美好的人能清心相见。

活出自己的清心清喜，我想一定也是为这个世界疗一分俗，不论为人处世，皆自有安稳喜乐，不受外界困扰。

为人当温良细腻，不失礼仪端庄，又有孤云一窗，缥缈出尘，心月一轮，皎洁自好；处世如云影在水，自静生禅心，又似月色浮水面，有人看上一眼，看到月，又看到月走了，懂的人自懂。如此，行时空山吐云，坐时止水怀月，一生袖有云水襟有花。

|暖风原似酒|

> 暖风照面,却是细细微微的美与好。便只那样不经事似的,只念这一缕,但仿佛拥有了一整个春天。继而感觉我在日常里展开大卷,画遍了春山,画到最后,只画一枝,也是满心满意。

在尚料峭的春日里,若你正好出门,不经意间,一缕风扑了脸颊,突然觉得一阵暖,有片刻失神,然后嘴角含笑,你知道花要开了。

其实花早就一朵一朵地开了起来。有的开在山间无人嗅,有的开在书页里早早有人同行而赏。那一阵暖风,好似叩响了身体的门扉。你推门,满眼的花,一夜忽发,猝不及防地扑了过来。

张岱写《西湖十景》诗,其中写"曲院风荷"一景为:"颊上带微酡,解颐开笑口。何物醉荷花,暖风原似酒。"

张岱看荷醉在暖风里,那颊上微酡,怡人心神,一定是美得不像话了。甚至不知如何去赞美,只觉得那荷之美,是醉过的美,是笑时的美。

其实醉的一定是人，见一好景，吟风醉目，心生欢喜。

荷开六月，其灿曳曳。这时节风早就一山一山地暖过了，张岱仍觉得那荷的美，是暖风灌了酒，或许是因为在那一刻，他突然被一大团暖风包裹住。暖到了热，也暖到醉。

到盛夏时，烦热常让人难耐。但那热，在某些人眼里，是可以生花月清影，生清凉心的。如此，可想而知，那春时的暖风，该是多么珍贵。

我在今年春天里感受最深的便是这样一缕暖风，一下子扑进我的身体里。往年每到春，那暖一丝丝包裹而来时，便雀跃而生去赏花的心。今年不，今年一下楼，暖风照面，却是细细微微的美与好。便只那样不经事似的，只念这一缕，但仿佛拥有了一整个春天。

继而感觉我在日常里展开大卷，画遍了春山，画到最后，只画一枝，也是满心满意。

而人生最终的境界是怎样的呢？思索到春深，杏花开了落，桃花开了落，突然也明白了，画到无墨处，暖风绕花枝。唯一那么一枝上的暖，当珍惜如执念。春时去感受一缕暖风，唤醒身体里的种子，一日一日，微花细朵地开，才不辜负人生春好。

瘦尽十年花骨

> 人一生的情感,也是一场场的花事。为一个人,
> 年年好花开遍,芬芳欢喜,心有佳期。

少不读李白,老不读纳兰。

我是经过十多年的总结,才敢出此言。李白,其实不但少年在读,童年也在读,我所谓"不读",是不必读其深意,唯一句朗朗上口即可。纳兰,却有人一直愿意读到老,因为情不老,一直如初生,我所谓"不读",是不必读成自己的气质。

比如纳兰这一句"一宵灯下,连朝镜里,瘦尽十年花骨"。感情若到此境地,实在是让人心寒,而回望自己的少年,情之深沉,也曾是如此这般。

仿佛世间只有那一个人可贪可恋,再无其他。灯下思之,燃的

是心是血，镜里看的，是一场萎谢记，如此一句"瘦尽十年花骨"，悲切至极，却又不愿拔腿走开。

纳兰用情之深，怀念亡妻，每读，心下凄然。

人一生的情感，也是一场场的花事。为一个人，年年好花开遍，芬芳欢喜，心有佳期。

若遇变故，心上的人转眼成了离人，再也看不到花好月圆，于是连年累月，花骨瘦尽，便不由得也会为自己生一分怜。

而这一句，自然便是最好的代言了。

心不累情，这样的人，实在是少。能做到这样境界的人，心里是有禅的。

在他眼里，花开的每一瓣，何尝不是禅？花开的每一分每一秒，何尝不是尘世曼妙？

就算命运安排好了生离死别，他亦能从痛中开出花来。

随着年岁渐长，读纳兰，也生长吁短叹，但不沉浸其中。而是看到这离愁别绪的反面，该是花红柳绿又一春。

我觉得爱是这样的：做着快乐的人，有美好的心。

翻一页书时，感觉某些字里一下子有个人撞进心里；出门时，突然下雪了，然后遇到一个人，看一眼，但无缘再见，是一瞬间的爱，却可以是一生的美丽往事。

如此简单，却又如此动心。

而心心相印的两个人，更是如朝露，如夕霞，相安于生活，没多少纷争不快事，只求得宁静、亲昵，每一日都有新鲜事。

我很少不快乐，我就是觉得，一切自在即好。

生于天地间，有大爱，有小爱。爱情的爱，不喜欢说，因为相比而言，这种爱往往是毒药。

但即使不说，不说也是深情的一种，需从容，理解，还有什么不能理解的呢？都活到现在百般看开又看百花开的时节了。

我更愿意，因为光阴，瘦尽十年花骨，剩下的，都是你。

第三辑 一生素日一生暖

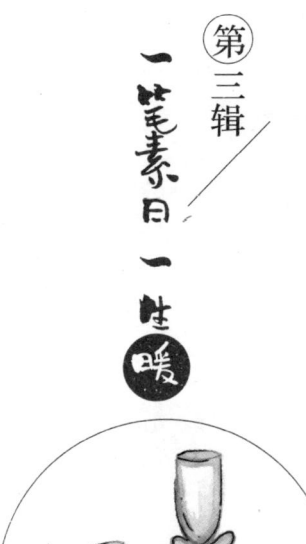

平时看看花,写写诗,

路上遇到眉目爽朗的人,

见了多年未见的老友,

与《诗经》里的人喝了一杯桃花酿,

珍惜了该珍惜的人,

都是活在这个人间最美的事。

一月暖花笺

> 不知道春天有没有带着花朵一起上路,可心里似乎已派了一条小径,安排在你必经的路口。

一月一日。晴好。看看天空都让人醉。

以前写过的一句话,"晨起,好茶温上,好书闲放,新日又来,旧念不忘",很适合在这个早晨念起。

新的一日,又是一年中的第一天,温一壶茶,携茶窗前,半晌清闲;书中有疏影暗香,暂且放在一边;明天是风是雪,暂且不知;唯有旧念,细香可闻,回首开梅花。

开窗,让风入屋,也许风会带来春天的消息。静坐片刻,一年中之第一日,最难得是这样的清闲。

忽生自在美好,想到一直想做的事情,记录每天的心迹,哪怕只是涓滴，正如我写过的，有一天也会成一池，池中开出莲。

索性从今年开始。诗文书画，闲情雅趣，不做一时之快，不求高闲无俗，但愿日常之美，完我心愿。

愿心清澈，爱你至净。愿爱纯美，予你至好。

一月二日。薄阴。无风。

不知道春天有没有带着花朵一起上路，可心里似乎已派了一条小径，安排在你必经的路口。

一月开始，已感觉到了泥土里诗句开始散发着迷人的气息，桃花、杏花也开始有了生气，裹在梦里待发。

米丽宏有一篇文字里提到，人是借一缕气来区分的："男人的霸气、静气、傲气、江湖气，女人的娇气、秀气、灵气、自在气，都是很要紧很要紧的气。可是，男人女人，读书或不读书，都该用点力气去培养的，是一缕清雅妩媚书卷气。"

如从作者提到的"气"中看，我所拥有的或希望拥有的，便是"静气"与"自在气"。

一个"静"字，是人生之大气，静能容人容物，能物我两忘，能宠辱不惊，闲看庭前花开花落，能悲喜从容面对；"自在"又是人生气象，遇到的人，经历的事，既是云在指尖，又是弹指一挥间的洒然。

从作者的两气来分，看来我一半男人，一半女人。好玩。

一月三日。雾转晴。

只是雾，也许带了尘世的尘埃，我看不到。

修剪火棘果枝，是这一天忙碌之中最有意思的事情。曾养过一大盆火棘，可惜没养好，只是为了冬天看它的红果。

可能不过三五分钟，这修剪的过程，让心放松下来，其实时光一直很从容，不以你的悲喜为转移。我们不必耿耿于怀，且行且从容最好。

在情感世界中尤其重要，大多恋人间，最缺失的，便是这样的从容，另外就是一分随意心。从容与随意，并非不在意，恰恰是为了不束缚，有更深的情义在其中。

从容了，瓶水也能养一枝春天，你所见的便是整个春天了；随意了，你走在哪里，心里念的人，都在看到的花里。

既要从容，又要随意些。念念在心，时时皆是好光阴。

一月四日。阴转晴。晴时美。

在书中写过一个愿望："我愿一百次一千次一万次，饱蘸墨汁，写尽十万山花，只为给自己留下通向春天的线索。"

有读者曾回复："我愿一百时一百日一百年，饱含热泪，随你千山万水，只为了追寻你那不变的春天情怀。"

想想，我真是个幸福的人。

一月五日。阴。小寒又腊八。

清香发来自己绘图的手抄本照片。照片里，荷上立翠鸟，翠鸟唤百花。

我的每篇文字，她都会绘一张图，然后手抄一页。光阴在那荷花小图中，仿佛也是一朵，让人生欢喜心。

因心在山林鱼鸟、花月琴樽间，凡动情处，都有诗有画。冬夜看一幅幅手抄，每页一侧画着一枝一花，那笔下尽是兰蕙之香。

一直最开心的事是，我能有一段光阴，安静地写着字。有时为一个字、一句话的表达，几天思量，于窗前、花前、山中、百般领会，得与不得，都感觉无比喜悦。

记得曾有读者在网上留言说，她写的文章没有章法。我回复说："喜悦心是最好的章法吧，若是写出了欢喜，怎样的文章都是好文章。"

是的，若没有欢喜，光阴该是多么孤独，文字该是多么寂寞。

所以，庆幸的是，我写了好花好月、好山好水，写了美好的往事，还有当下旖旎的光阴。

从来没有追求过人生的华章，却于文字里，有人回我盛意，回我锦缎，有人回我素棉，回我温暖。看着清香所绘的一枝枝荷，姿态入画，光阴于其间，一点一滴，都充满着迷人的气息。

一月六日。晴好。

读现代诗歌，欣喜有那么多诗人，于生活中仍奔波劳碌，但可退回自在世界，以诗养日月天地。

有的诗，那么简单几行，所写不过寻常物，所抒不过寻常情，却美得让人整个身体一下子空了，然后云飘了进去，花香飘了进去。

司空图《二十四诗品》中有言："情性所至，妙不自寻。"说的是诗之境是要凭真情体悟，情性所至，诗境自然就来了。

所以，写的过程，一定是自我修炼的过程。

昨天与人说到佛。我认为，佛不是高深之学，而是日常里的喜悦心，珍爱心，种种。人心细腻是佛的光，照着你的人生开花。

内心有真情，是自然可以开花的。所以我觉得，诗人看到空枝子，是看花开了一场。而那些内心缺失喜悦与珍爱的人，看到的只是空与惆怅。

好的诗人，一定是懂得真正的佛的，虽然他说不清佛，道不明佛之真谛。

雨携来了花籽

> 早晨一缕阳光的吻,是光阴赠予你细腻人生最美的礼物。只需坦然,从容,向阔处行。仿佛就拥有了恩宠十万万,关怀九千九,思念八千千重。

一月七日。小雨。把香润香了。

在北方,冬天的雨总是不讨人喜欢。北方人更喜欢铺天盖地的大雪,铺满了路,铺满了整座山。

记忆中的雪,最深刻的便是儿时那一夜大雪,早晨推院门推不开,雪深一米有余。

大人出不了门,没法打井水,父亲只好从门口用勺子舀了雪来用。孩童们不用上学,忙着挖雪洞钻来钻去,好不热闹。

二〇〇八年左右,威海也下过一场大雪。铺天盖地,再也没有一个词有这样的力量来描述那场雪。网络上更热闹,各种摄影作品层出不穷，美不胜收。

但渐渐地，冬天偶尔有雨时，在雨中走走，我倒觉得那冬雨里带着一种香。为什么会有香？我也不知道。所以今天特意在雨里走了走，然后在一个屋檐下，闭眼深嗅。虽然仍不知那香来自哪里，可它就是来了。

难道这冬雨，是从江南借来的，所以带着花香？谁借来的呢？一个诗人？还是一页往事运来的？

说不定雨里还携来了花籽，这样一想，香就更浓了。

一月八日。小雨加雪豆。

雪豆是花籽吧，落到人间逢雨露。

小雨仍不停歇，雪豆来得猝不及防，别有一番滋味，恍惚间，像一场梦，像一首诗。

在尘世，你的心中，一定要有花，有梦，有诗，有雨。

花点亮了尘，梦超越了尘，诗湮没了尘，雨洗尽了尘。

如此，花开梦，诗成雨，是少年的一半美好一半忧伤。如此，诗梦成花，花成雨，终于落纷纷，是中年的无奈，但也要从容些。

停了车，透过车窗看世界，一刹那觉得，美不过如此，全来自内心。

所幸一直没有辜负美好，一心向美过，满心感恩。

一月九日。晴。

起得稍早一点，便有闲工夫侍弄花草。冬天的花草简单，不理会人，有叶的，就简单地绿着，还没开花的，就把枝空着。

比如富贵竹，那一瓶养了多年，也不用过多照顾，只需给足了水，叶就一直绿着，特别是在冬天，那绿就有了暖意。

侍弄花草时，会在那些空枝子、绿叶上凝神，发呆。这时，人会静下来，便感觉到窗口阳光的暖。

丝丝缕缕，像是有人扯下来似的；又像一个人的吻，轻轻的，不惊扰，但很温润。

早晨一缕阳光的吻，是光阴赠予你细腻人生最美的礼物。只需坦然，从容，向阔处行。仿佛就拥有了恩宠十万万，关怀九千九，思念八千千重。

心阔一寸，路便宽一尺，天则高一丈，能得好人生，得行云流水，细水长流。

一月十日。晴。天空里的云，慢悠悠地散着步。

晚上一直工作到很晚，想着公众号要发刚写的《我一生最浪漫的蹉跎》，因为还没有做完，所以难免有点小遗憾。

夜已深，又读起这首诗。"我一生最浪漫的蹉跎啊，是奔向你的方向衣襟带花"，会心一笑，眼前闪现过岁月快马。

虽然末句"我一想到一生最浪漫的蹉跎啊，桃花落满白发"，总难免让人有一丝惆怅或失落，但对我而言，却是美。

回想之前的人生，为工作，为生活，一直感觉在"奔"，不得闲，但细想又如此安宁，我爱了好山好水，我的时光是慢于时代的，心安而知足。

登了一下微博，恰好看到有人留了信息，说：因为你文中所引一句"把青丝跑成白发，把眼前跑成天涯"记住你，奔赴是一场旷世美好的旅途。

真是巧！因为在读诗时，一直还想着用一句去总结之前的"奔"，许多年前于文里引用的这忧伤的一句，便是了。

人生总有一些美好的奔跑，是要多年以后才能慢慢明白其中的美的。比如，为珍惜时光而跑白的发，为珍惜一个人而又浪漫蹉跎掉的光阴。

一月十一日。晴。像一个人的笑容。

看动画片《相思》，唯美的画面，细腻的画风，情感表达更是婉转揪人心肠。

古风之美，在这部动画片里有极致的表现。就当这样，很中国味，很中国风。希望有更多人，去展示古风之美。

六娘绣品上滴下的一滴血，出嫁时落下的一滴泪，相思道不尽。那一滴血，被绣成红豆，红豆生南国，此物最相思；那一滴泪，终究无痕，却落成了两个人永生的雨。

一月十二日。阴。有点冷。

今天竟然把《到春天的路口摆摊卖诗》写完了，这个题目是去年下半年定下来的，是看前年写下的《十二月帖》时特别想写的。句子也是出于这一篇。

定下了题目，一直没有写。时不时地，也会在这个题目上发呆，心中诸多美好的愿望，也如诗行，一一排开，虽未动笔，但心下喜悦。

文章的开篇，是我的愿：我决定从一场雪出发，到春天的路口去摆地摊，卖诗，一朵白云买一首。

我有很多过于浪漫的愿，虽然不可能实现，也是早知道不能实现的，正因为不能实现，为什么不可以拥有这样的愿呢。这愿在心里，是会开花的，是会飘来云的。所以结尾时我说：你去摘云，也许一辈子也摘不来一朵；我去写诗，也许一辈子也成不了诗人。但是，这个过程，我们完成了美好的交易。

以美好的愿与春天交易，得到的自然是春天的诗歌；以美好的愿与明天交易，得到的自然是欣喜的期待；以美好的愿与你交易，得到的自然是美好的你。

我的光阴是种花的光阴

> 人心中总该有一个春天,或一个像春天一样的人,他是让你花枝锦绣的人,他是为你破冰成溪的人,他是替你春风拨弦的人。
>
> 他即使是一粒花籽,也能开满你一整个春天;他是即使只与你打一个照面,也能将余生拿来与你不断相遇的人。

一月十三日。大雪。

近六点起床,望窗外,一片白。只一眼,整个身体犹如被什么唤醒,又有什么呼之欲出。

忽又觉得心里一下踏实厚重,是雪也落在心上吧;又忽觉得身体变轻了,足以从窗口飞奔去远山。

这是今年威海的第一场大雪。

曾在《情味》一文中提到:我曾想,也许,我还可以再活五十年,那我就可以再写五十篇雪。以纯真模样,以一颗有情味的心。

这些年,差不多每年都会写一篇桃花文,一篇雪文。另外,每年都写一篇《四月帖》和《十二月帖》。也许是为了借此珍爱那些美好的时光吧。

这样的雪晨,适合手写一笺书,梅花印的笺,清清爽爽的一枝红梅,然后写什么呢?

就情深意浅地写一句吧:昨夜不知深几许,今晨见雪厚半尺。

一月十四日。阴转晴。

看着天窗微光,而室灯幽幽,被我不小心翻过的一页书页清脆的声音惊醒。这一刻,我好似睡着了,我明明睁着眼,但我确定我睡着了。我睡在自己的孤独里。孤独常被人与"凄楚""无助""忧虑"等词语联系在一起。我却不这样认为。

我保持着过度的孤独,一来是后天养成的性格,二来是我对自己的善意。人生长风浩荡,到处都是喧嚣的起舞。我只想留一点寂静的声音,在一个夜的深处,那是来自书页间的对话,或桌上一杯微笑的暖茶。

一月十五日。晴。

读刘大白的《邮吻》,还是禁不住被那柔情搅得心湖泛起一圈圈的微波:

我不是不能用指头儿撕,

我不是不能用剪刀儿剖,

只是缓缓地、轻轻地、

很仔细地挑开了紫色的信唇；

我知道这信唇里面，

藏着她秘密的一吻。

只有深爱着的人哪，才能这样的柔情似水。

接到她的信，他不用手指撕，不用剪刀剪，虽然诗中我看不出到底他是用什么"挑"开了信，但我知道那信在他眼里，他挑开的那一刻，挑开的是信唇啊。

只有深爱着的人，才能如此缓缓、轻轻地，启开一个吻的香甜。也许不深爱的人，确实是难有如此的体会的。

我知道，我也曾有这样的一封信，我打开的也是信唇，因为懂得深情的可贵，光阴来信，草木来信，一个人来信，皆是如此动人心魄。

我挑开这样深情的一封信，用吻！

一月十六日。晴。若有若无的云，少了一百朵。

《见素见美》和《一生看花相思老》这两本散文集的出版，对我来说，并不是惊喜，而是珍重。因为写作的过程，是我的一段人生。我就活在这些文字里，活在每一个素常日月里，与诗词相邀，与草木为邻。

我很珍重这些字,不是因为出于写作者对自己文字的热爱与执念,而是这些文字,是我的甘泉,是我的岁月,是我赖以生存的光和水。

听编辑说他要出发回老家了,走时给我寄样书一套,剩下的年后再寄。除了编辑,我是这个世上最早看到自己书的人。我只是想,与书中的文字耳语,只是想轻轻抚摸长长的光阴里留下的这点滴的印记。

这些印记,如同岁月里留下的空茶杯两只,未成的诗稿半页;如同光阴收到带花苞山茶一枝,桂花二三枝,蜡梅十几枝。

我写的字,其实都是枝上开的花,也许在你的一生中,曾有暗香,但终究会凋零;我的光阴是种花的光阴,但每一朵光阴都会从枝上掉下来。

掉下枝的花朵,不会扔,也不舍得泡茶喝,留着,留着陪我一起老。

一月十七日。晴。

风好像要开花了。

花枝未开花,但滴着一行行的诗。

每在窗前,看那些花枝,总会有这样的想法。

一月十八日。晴。窗前有麻雀。

人一生,一定要内心无奢望、无贪念。

有一天,于窗下闻花香,听远方一封信的挂念,然后在心里写一首诗：我只贪着你领口一点光阴的性感，只贪着你指尖一点开花的香，就足够好了。

晚上与大学同学聚会，谈及很多事，最开心的便是，这几个人，都保持着最初的本真与天真。

人是要有点天真的，这样才能不过多奢望，也没什么贪念。也只有如此，才能真正活出自己的模样。

所以敬一杯酒时，我说：我们不带岁月来，不带光阴来，我们只带着天真的感情来。

岁月与光阴是不同的，岁月磨砺一个人，光阴老掉一个人。

把心磨没了，把个性磨没了，就是岁月；老掉了往事，老掉了一个人，就是光阴。

早晨去跑步，山上已无花。但，仍有绿意。每一颗花籽，都在天真地做着梦，一梦即是花开。

今天另有一喜事，我收到了我的两册书。我没有告诉任何人，不是不想分享喜悦，只是，我要与自己相处一会儿。就一会儿。算是我仅有的奢望与贪念。

一月十九日。时晴时阴。小雪一地白。

一早将昨天写的《为了与一粒纯净的花籽相遇》稍作修改，心下喜悦。

开篇语：这个世上，总有一些人，把光阴开了花，结了果，还留下花籽一包，寄给相惜相悦的人。

正好落了小雪，心中又种了花籽，这样春天就不远了。

人心中总该有一个春天，或一个像春天一样的人，他是让你花枝锦绣的人，他是为你破冰成溪的人，他是替你春风拨弦的人。

他即使是一粒花籽，也能开满你一整个春天；他即使只与你打一个照面，也能将余生拿来与你不断相遇的人。

一定是这样的。

一月二十日。雪。

中午过后，雪纷纷扬扬而来，遮了光，便有了漫天的气势。

这样的雪，适合去深山。晴雪虽美，但多是一阵工夫，来得快，稍纵即逝，让人心生遗憾。漫天飞雪则不然，它在酝酿一个雪夜，它在搭一座雪亭，它在为花籽盖被。

紧了紧身上的衣服，有风灌进领口，好似要灌醉我。路上的人越走越少，终于走到山前。

看不到路的山，总是让我那么心生暖意。仿佛无人深径尽处，有草堂炉火，踩一行深深浅浅的新路而来，只管推门而入，好茶已泡好，好书已备好。来路落雪，早为你掩好脚印。

这是漫天飞雪的盛情，这是自然的情谊。

人与人之间的真情谊，大多不是火的炙热，恰恰似雪，带着贞洁，带着从不宣扬的低敛，甚至也带着出世的一分清凉，当落落洒洒而来时，让人心生暖意。

　　情谊那么美，足够温暖半生。是是非非的人间，忙忙碌碌的人生，大概这一段情谊，足够抵挡一切。

香在无心处

> 谢谢一路与我相伴的人,让我收获一粒粒花籽。我将种一些在老爹屋后的菜园里,给老屋开出我饱满的喜悦;种一些在通往春天的路上,通往《诗经》的路上,迎面你是桃花开,往来我是桃花风。

一月二十一日。晴。

冬日的傍晚,每去山里走走,总让人会忽然生出一种"雪烟"的感觉,可能是因为欲雪天气吧。

四野尽是枯的树,只有松苍绿,再也见不到任何生机。而这时,人在山中,若突遇一场雪,一下子将那枯的底色,铺出一片白,真是让人欢欣的事。

明代田琬诗《答傅木虚卜居西湖》中有句:"天低四野树,日落万山烟。"曾在杭州小居之地的阳台上看日落,因下午刚下过雨,窗外连绵的山,到处是烟,那美,真的是难以形容的。

其实，江南烟雨的美，只想想都让人惊羡。身居北方，烟雨之树是难描其形的，但这雪之烟，让人生苍茫之感外，也有几分烟雨所无法比拟的画意，带着一丝清冽、大气，让人生出渺小之感，却又心甘情愿。

一月二十二日。早晨零星小雪。

早晨跑步，飘着小雪，有几分浪漫。一路上都是奔波在尘世里的人，一刹那忽生暖又忽生凉。

暖的是，人一生不论为生活、为梦想，从来不会停止脚步；凉的是，如果可以安逸，谁愿奔波受劳役。

所以，一寸一寸的光阴，当珍惜；一日一日的俗世，当珍重。

记得以前爬山时，在陡峭的山路上，低着头往上攀，不愿回头看一眼。我是想，我用脚丈量着我与大自然的距离，我用背影拒绝身后或繁华或冷清的尘世。

所以，一直奔向前，一直也愿这样无悔无憾地，用风搭篱笆，用月围小院，用花香涂窗，用流水写书。

我在其间，随意，自在，听天命。

这恰恰是我们最需要的一种精神。

流水澹然，落花随意，我们需要这么一点点的自在；远山衔月，近水藏云，我们需要这么一点点的情怀；雪白青山，花红绿水，我们需要这么一点点的安稳。

一月二十三日。晴。年前花未出生。

年关近，人总爱去总结一番。今想到幸福一词，也思量少许。

幸福是什么？日常之幸福暂且不表，情感世界里的幸福，我觉得应该是：得之我幸，不得亦有福。因为毕竟相遇过。

就像一朵花，它若没有开过，何来幸福。与春天相遇过，见过另一朵花，闻过风中传来的香，这一朵，开一次，已是一生好花期。

另外，幸福应该还包含这样一层美意：著意闻时不肯香，香在无心处。

随缘即是幸之事，随缘即是福之源。情感若带了刻意与强求，要不然会迷失自己，要不然会走失自己。遇上之初，容易迷失；一路走去，又容易走失。

应该是随缘而来才好，不特意闻香，却于无心处，香入清心。

一月二十四日。晴而小阴。

很多很多年前在一条通向山里的路上，看到春天的白玉兰，看到飞驰单车上的白衣少年，看到天上的白云，便在心里说：太美了。

从那以后开始慢慢地欣赏起美来。写作也是如此。

对美好的热爱，我是极其慢热的。

其实这世上，与生俱来的爱是很少的。只有在慢慢的过程中，才能更深地与之交心，那才是至爱。慢，是因为一直持续着爱。

在写作上，每执笔舐墨，总习惯先闭一会儿眼睛，让心沉寂。

眼前一片黑，却分明看到清亮的光，不浓，是我人生路上必不可少的；还能闻到淡淡的花香，听到清澈的水声。然后无比虔诚地感谢手指流淌出来的文字，为我营造世外的家园。

我热爱着这个家园，矢志不渝。

有杂志曾对我做了个小专访，问我写作这么多年，一路走来，是什么在支撑着我。

我说："热爱。是的，就是热爱。不论大学毕业后那举步维艰的四五年里，为了养活自己而写作，还是后来放弃很多优越的工作，及至现在不必考虑生计安心地写作，都是因为热爱。热爱热爱，不热爱，一开始提不起笔，中间提不牢笔，最后提不动笔。"

一月二十五日。晴。

春节越来越近了。

春节，是春天的节日，是草木花枝的节日，是风的节日云的节日，也是你脚步的节日，你一颗尘心的节日。

归程，你的脚步，正踩在花开的鼓点上，一路尘土，舟车劳顿，没有你这一步一踩，花开的声音，便显得单薄。

你的脚步，更踩在父亲肩头扛着的老家日历里。在那里，他早早地准备了柴火，早早地、早早地扫好门前的雪，一直扫到村头。

你的脚步，也一定踩在母亲的笑眼里、锅碗瓢盆的交响曲里，轻轻盈盈的，她感觉到你踩出的每一个音，都那么美妙动听，所以她的眼睛总是弯弯的，手指上凉的水总是能唱出暖心的歌。

一路上，你身体噼里啪啦地开着花，你被花香包裹，好似这一路，是花香寄你回家。

一颗叫思念的种子，是大地上最美的语言，她一开口，你早就热泪盈眶。

你是感觉到你眼睛里温暖的湿润了啊，你不知为什么，更不知道，你的身体里开满了花。

终于，一颗尘心归了家。

归家，大碗浓茶，正是洗尘的山林溪水，洗一洗尘心，洗掉杂念，洗掉哀伤，洗掉伪装，洗掉恩仇。

与父亲唠几句他平常听不到的话，与母亲一起素手包一顿丰美的水饺。

那些你说的话，在你手指忙碌间开成音符，一个个音符悄悄地绽放在远山枝头，绿意盎然，清越悠扬。

以家为场地，以父母之爱为舞台，以笑为台词，一颗尘心的节日是救赎，是恩赐。

所以，总不忘要感谢。

感谢春节照顾一个寂寞的小山村，小山村照顾一个老屋，老屋照顾一树老杏花，老杏树照顾树下坐着的一对花甲老人。

而对我来说，更要感谢。谢谢一路与我相伴的人，让我收获一粒粒花籽。

我将种一些在老爹屋后的菜园里，给老屋开出我饱满的喜悦；种一些在通往春天的路上，通往《诗经》的路上，迎面你是桃花开，往来我是桃花风。

一月二十六日。晴。

明天就是除夕了，可以回家陪父母，想想心里就特别开心。

如今很多人都对"年"有抱怨，比如说没年味了。但我觉得，亲情的味道，足够。

一月二十七日。晴。除夕。

与父母团圆。余下几日，放下一切，包括文字。

|二月叠梅衣|

> 平时看看花,写写诗,路上遇到眉目爽朗的人,见了多年未见的老友,与《诗经》里的人喝了一杯桃花酿,珍惜了该珍惜的人,都是活在这个人间最美的事。

二月三日。晴。立春。

立春日,展纸给春天写信:

早晨我听到身体发芽的声音,那说不定是你在轻轻地啄我;睁开眼睛的那一刻你是否感觉眼睛温柔了几许,那是我轻轻吻上你的睫毛。

这春天,说来就来了,是不是急着来为我们铺花香的径,让我们牵手去走走呢!

当然,节气到立春,外面的天气却寒气逼人。但是,只要想想,就觉得心头有芽抽发的声音,细细软软,还有阳光暖暖地照着。

想起明代袁宏道所记《答梅客生》中提到过"寒",记忆深刻。

他写花朝之夕时,"月甚明,寒风割目",一个"割",用得妙,一看这个字,就感觉冷飕飕的。

写观御河水时,"冰皮未解,一望浩白,冷光与月相磨,寒气酸骨",也许再也没有一种"寒",是看冰面与月色相磨吧。这个"磨"字,耐人寻味。

说到此,也不由得联想到情之寒,寒到至极,也是能"割目"的,也是能让人遍尝冷光与月相磨的"酸骨"之意了。

还没完,还有寒之枯寂。"树上寒鸦,拍之不惊,以砾投之,亦不起,疑其僵也",这篇小记,简直被袁宏道写绝了。感情之寒心处,不正是将一个人的肉身变成不惊不起的寒鸦了吗?

所以,希望天下有情人,皆是春天的客人,叠好梅衣,共赴花宴。

二月四日。小雨。

《中国诗词大会》中,选手王若西夸赞董卿道:"美人当以玉为骨,雪为肤,芙蓉为面,杨柳为姿,更重要的是以诗词为心。"

坐窗前,小雨淅沥,这是今春的第一场雨。我在想这句夸赞是不是应该将评语换换位置:"美人当杨柳为姿,芙蓉为面,雪为肤,玉为骨……"

也许是春雨惹我遐思吧,你想啊,初见美人,其姿容可能先入目,而这杨柳、芙蓉，又正是从春到夏，之后才到秋水冬雪，见其肌肤，而最终能真正称其美的，却是一个人的"骨"，一生修出来的玉。

但这一切，都不及一颗诗词心。

如果没有这样一颗诗词心，杨柳不过是杨柳，芙蓉是芙蓉，雪是雪。

二月五日。晴。

二月天气若多晴日，心绪上也会染上春光。美好的事，从不稀缺，缺的是心上的柔软。

世间所谓珍稀之人之情，常在这一软间。

文字之美，大概也离不开这一份柔软了。

我知道你如我愿地走来，你提你的花灯，我摆我的花宴，一生在文字里，见了又见，是多么美好的事呢。

二月六日。晴。

记几笔所思所想：

平时看看花，写写诗，路上遇到眉目爽朗的人，见了多年未见的老友，与《诗经》里的人喝了一杯桃花酿，珍惜了该珍惜的人，都是活在这个人间最美的事。

往事不能忘，往事要一笔一笔刻在骨头里。但是，有时断了就是断了，耿耿于怀的，不过是心有委屈，心有慌张。

冬天雪梅暗香，但终是过去了。念一枝窗前的梅，怀一溪远山的水。忽然把柴门打开，只为迎良人归来。

二月七日。晴。

两盆水菖蒲，各长出两株花苞来。因为很久没见它们开花了，所以发现那一刻，竟以为是梦。

以前在办公室养的菖蒲，每年春天都会开花，像鸢尾花。后来在家里也养了，第一年便长得繁茂，便将其中两株移了盆。移盆时可能不得要领，结果移出的那一盆，一直不够精神。

养了那么多年，竟然从没开过花。每天在案上与我相守，陪我写作，为什么不开花呢？

二月八日。晴。

白天看到《人民日报》公众号介绍《中国诗词大会》人物白茹云，标题是《她出现在〈中国诗词大会〉舞台上，诠释了真正的诗意》。晚上终于抽出时间看了节目的视频，看到她讲弟弟时几次哽咽，按了暂停键。

去窗前坐了坐……

白茹云先讲了自己得了淋巴癌治疗的过程，早晨五点起床，一个人换乘5次车，上午十点才能到达医院。难道没有直达的车吗？有，只是这样坐，可以省下二十多块钱。

她边说边笑着，在讲她自己的事情时，她一直笑着，讲到弟弟很小因为头里长了个瘤，弟弟控制不住要用双手打头，她讲着讲着就忍不住了，几次哽咽。镜头里出现许多选手流眼泪。

　　"纵使前方晴日少，任风雨，路迢迢"，人一生啊，实在不易。她一出场念的那句"千磨万击还坚劲，任尔东西南北风"，让人不能不动容。

　　如果说16岁的武亦姝是中国古代才女的模样，这位来自河北的40岁农村妇女白茹云则是坚强乐观又富有诗意的中国人最真实的写照。她以诗词为精神良药，用朴实乐观直面生活考验，这是对诗意最美的诠释！

我的身体里住着山川草木

> 从写下的第一个字开始,一路走着,一路期待着,一路遇见春风,遇见春小雨,遇见第一枝桃花,遇见小桥流水,便也相信,总会遇见那个可以牵手的人。

二月九日。晴。云白。阵雪。

煮了梨水,坐在窗前喝。

窗外的云很白,大团大团。周身很静,让人禁不住想那云可是来自某个清溪边,某座春天的城,或者来自《诗经》。

又到春天了。这些云或许是去邀请花朵来赴宴的吧,或许是从《诗经》里带来满天的诗句在飞,像一个恋爱的女子,一个眼神,就能飞出诗句一样的曼妙迷人。

冯杰在《牛舌头》一文中写道:

我常常恍惚碰到"诗经年代"的那一位采诗人,他穿着一袭麻布衣，柳絮如雪，执着一方木铎，蹚着缀满露水的车前草，正从我家门前匆匆走过……

遇到飞着的诗句，遇到采诗人，发了一会儿呆，会心一笑，然后开心地转身回到生活中去。

二月十日。晴。阵雪。

一阵雪，晴日里纷纷扬扬，不知来自哪里，又不知要落向何处，只几分钟，就不见踪影。

所以我爱说，少年，美如一阵雪。

因为那么突然，因为是阵雪，因为也是难得一见的春雪。

二月十一日。元宵节。晴。

今天元宵节，年也要远去了。傍晚开始，窗外一直有鞭炮声。虽然放鞭炮污染空气，但还是禁不住喜悦着那一声声的响。

煮了汤圆，吃了几个。祝天下有情人，总有团团圆圆的美好事，甜甜蜜蜜的幸福事。

越来越多的人对过节没什么感觉，我倒越来越觉得，喜庆事，该是一个人内心里的大事件。两个汤圆，你送一个到我口中，我递一个入你嘴里，听着窗外的鞭炮声，难道不美好吗？

所以多希望天下有情人，都能有自己内在的节日，也许只是一个平常的日子，一起去看花，早春开的两朵，一朵叫爱，一朵叫情。

在那样的节日里，人约黄昏后，花市灯如昼。

愿两个人，幸福团圆着幸福，美好甜蜜着美好。

二月十二日。晴暖。

今天真有春天的感觉了，楼下多了孩子的声音。

听到孩子的笑声，就像听到花开的声音。花是要开了，经过一冬的凛冽，每一朵花都会探头探脑地钻出来，然后以一瓣瓣一串串的笑与芬芳登场。

编辑问我以前写的随笔为什么不整理出版，我说我不会出版那些字，因为那些文字只是一个过渡，从困顿、迷惘、无措的过去，过渡到美好的如今。我觉得，那些过去，便是寒冬。我如今是春天。

我希望我写下的每一个字，首先能打动我自己，它们像一粒粒花籽，种在书中，即使路途再远，也会抵达同样追求美好的人手中。

二月十三日。晴。云极白。

太喜欢那些美好的人了。走路时匆匆忙忙，手里提着东西，不小心被石头绊了一下，一个趔趄。正慌乱间，抬头看到不远处的一位老人，正坐在那里，朝我笑，微微点下头。那笑，自然不是嘲笑，很从容，很自然，而点头像是在向我示意，莫急莫急。

想起有一次意外淘到的一本书，看到书中有人做的标记与笔记，心里一阵欢喜。那时也是临近春天时节，我在窗下读，读得一心芬芳。

好似这书是有人寄给我的一样,而且寄送的是一个春天。因为美好,它便是我一生的良友,是相伴的花月,是不离不弃的春风。

那美好,是春天,是书信,是弦,奏一曲柳色青青,客舍新。

"新"是在世的情谊。如今翻开的每一本旧书,页面泛黄,但字字清新如昨,像关照我的光阴。

二月十四日。晴暖。

对于写作者而言,写作的过程,是和花朵一起上路的过程。在这个过程里,遇到每一个春天一般美好的人,是我的喜悦事。

文字,有时像一个甜蜜的情人。从写下的第一个字开始,一路走着,一路期待着,一路遇见春风,遇见春小雨,遇见第一枝桃花,遇见小桥流水,便也相信,总会遇见那个可以牵手的人。

因为怀美好心,所以有时又觉得那么贪心。春天是我们的情人,山水是我们的情人,草木是我们的情人,清风明月是我们的情人,风啊雨啊雪啊花啊,都是我们的情人。我们太多情了,拥有这么多情人。可是,多让人开心喜悦啊。

二月十五日。晴。

老家老屋后有一棵老杏树,每回去都要抱抱它,好老了,但杏花开时,开得像婴儿一样纯净。

一切纯净的东西,或人,都保持孤独的一面,因为孤独里有自省,有自在。

有个学生读者在微博里问我：平时是不是不食五谷，吸风饮露那种？

我想了又想，我常一个人去山里，常一待一天，带少许吃的，晚上八九点才回家，只吃中午一顿。饿是饿，但又觉得身体里饱饱的。我突然觉得有可能我的身体真的吸风饮露了。

我的身体里住着山川草木，我的身体里住着山间清风明月，我的身体里住着尘世间的纯净，与满枝的花，与花开的小村。

春天不是季节是内心

> 不论是朝阳,还是晚霞,它们升与落,都是那样从容,每一天,都做着同样的事,但每一天看到的却不一样。也许昨天的一个小芽,明天就开了花。走走停停,我从来不想忘了我脚下走过的,不是路,而是诗行。

二月十六日。晴。春风浩荡。

今天有个买我书的读者讲起一件事:

他经营了一家书店,有个美丽的名字,叫蔷薇书店,女儿11岁,已出版了一本书。他说读我的文字如沐春风,诗意盎然,有一种古诗般的美妙和宁静,所以看到我的书出版的消息时,如获至宝,第一时间先订购了送给朋友。

我被他对朋友的情谊感动了,他告诉我说他是为了报恩,因为是那位朋友向他推荐的我的公众号平台。

不知为什么,除了这份对我的欣赏与厚爱,这样的生活小细节,让人感觉生活粗粝下那细腻的一面,是如此生动而美妙。

他的朋友还说,等书到了,朋友要和他一起阅读,一起分享书里的精彩和美好。

我想起那年初雪时的一场诗会约定,我是那么笃信,人间最美的情谊,便是与生活、与光阴、与一些人,以初心相见,心中如同开着兰,有股清幽之香。

二月十七日。晴。

有读者问我老家是哪里的,我说是山东。她便不依不饶地说,你明明是江南的。

江南是我的梦啊,江南的水,江南的山,江南的人,这梦是我一生的光阴。

也许,我一百年前,是从江南来到北方的。所以骨子里是江南,长成北方的样子了。

我那么放肆了自己的青春,到老的过程里,我必安安静静地,像干净的花瓣,像彼此珍视的光阴,活出自己的模样。

如此,才不愧对岁月风里,飘来一缕花香,于心头,又飘来一缕墨香。

二月十八日。晴,云移风来,春风浩荡。

去菜市场回来的时候,买了两个大花盆,不知道要栽什么花。

仿佛只那样看看都好，古朴敦厚，放在墙角，每天早晨有阳光来照，盆里就开了花。

我知道，即使接下来的日子里，它一直这样空着——我因为忙，一直没有为它们找到回家的花朵——它们也必会每天被我轻轻照顾，一个眼神的照顾，一个忽然一眼里看到的美好来照顾。

空着也美。

就像有些岁月，不必惊天动地，不必好花常开，就那样实实在在地爱着日常里的美好，做着眼前的小事情，亦能得欢愉之好。

二月十九日。晴，白日春风荡。

春风越是浩荡，春天就越是近了。

一到春天临近，我便随着春一路写春。与春天有关的文章写得很多，但我知道，人心中的春天，更重要。

有人总结星云大师的人生理念，也是我们应当好好修行的准则：

1.春天，不是季节，而是内心；2.生命，不是躯体，而是心性；3.人生，不是岁月，而是永恒；4.云水，不是景色，而是襟怀；5.日出，不是早晨，而是朝气；6.风雨，不是天象，而是锻炼；7.沧桑，不是自然，而是经历；8.幸福，不是状态，而是感受。

二月二十日。晴。无风。上午九点四十分左右忽飘起一阵小雪。

六点钟的世界，朝阳升起第一行诗。

停下脚步,静静地看一会儿,朝阳打开了诗行,也打开了一个全新的世界。每一天,都是新的世界,每一天,都有一行诗,悄悄被光阴写下。

记得看到有人仿叶芝的《当你老了》,写自己的老:

当我老了,我还是会看书,慢慢地读着,我不着急。当我老了,我还是会爱花,爱那芬芳,爱那柔软,爱那即将逝去的娇嫩的脸。当我老了,我还是会爱我的头发,认真地护理,小心剪去分叉,白发真好看,年轻的时候就想染。

再读一遍,内心一寸一寸地柔软了下来。

不论是朝阳,还是晚霞,它们升与落,都是那样从容,每一天,都做着同样的事,但每一天看到的却不一样。也许昨天的一个小芽,明天就开了花。

走走停停,我从来不想忘了我脚下走过的,不是路,而是诗行。

二月二十一日。晴。傍晚阴。预报明天我们这里也要下雪了。

今天看到全国不少地方下雪了。昨天遇到那一阵忽起的小雪,我还以为只有我所在的城市,有人在阳光里寄雪花一样的信来。

不少地方,雪还挺大。那些花刚开了,雪就盖了上来。这样的春雪,让大家很兴奋。

有些喜悦美好就是这样:简单地生活着,喜悦在喜悦事里,美好在美好心中。

一场雪，都是温暖的好。

这就像冬天的时候，有些人，想把春天的花籽寄给相悦相喜的人。

因为心存美好，可以抛杂念，可以弃贫富，可以免纷争，可以去浮躁，在日常里，一朵花的开，一片雪的落，都是稳妥的美。

你相信吗？在一封信里寄出的花籽，会在信封里开花的，因为每一粒花籽，都是寄信人心上的花结出来的籽。

二月二十二日。零点雪。

零点停下手头的工作，看窗外，竟然纷纷扬扬下起雪。

下楼拍了路灯下飞雪的小视频，因为喜欢路灯，在再深的夜里，它们还在路边、路口处一直亮着，像在等一个风雪夜归人，像在等一个赏花人归来。

那么坚贞地等，那么不计得失地等，自带着光芒，只要爱着的人不关上开关，它就一直那么亮着。

也许雪来的时候，是因为心中暖，才一路即使走到清凉，仍要把清清凉凉的花开给你看。也许路灯等的，一直就是你来的那条路。也许那条路上，路灯在开花。

我想在大海上画满窗子

每年冬末不忘提醒自己,我的春天,从二月就早早地开始了。因为我在心里,擦亮了所有的枝头,铺好了小径,叫醒了春水,叠好了梅衣,一身春衫,微笑等待。

二月二十三日。晴。风很香,可能是花信风。

走在路上时,看天上的云,薄薄的,一缕缕的,若有若无,却不可忽视。不自禁地放慢脚步,我永远追不上云,但这一慢,就感觉踩在云上,人变得轻盈了起来。

这云,二月的,像是从一本日记里跑出来的,不知是哪户人家的日记。是山野人家布衣姑娘写的吧,关于素常日子里的小欢喜,小鸡长大了,或炊烟一斜成了袅娜小蛮腰的白衣少女,或溪水破冰了她在等鱼来衔花影……

这样的日记本,捧在手上,暖暖的,满满的欢喜。

二月二十四日。晴暖，光阴如此，光阴无恙。

晚饭时看一个视频，96岁高龄的翻译界泰斗许渊冲在央视《朗读者》节目中，讲起他翻译的第一首诗，即林徽因的《别丢掉》。

当讲到徐志摩因飞机事故去世后，林徽因经过徐志摩的故乡，老先生老泪纵横，哽咽起来："见景生情，一样是明月，一样是隔山灯火，只有人不见，梦似的挂起……"

在最后五个字"梦似的挂起"之后，老先生一直就那样哽咽难言……

一首诗里的情感，以泪化沧桑，即使再老的人，老的时候，内心都是柔软的，是温慈的；再老的人，爱情让他心流泉水，清亮无染。

二月二十五日。晴。窗前看不到风，耳朵里灌了来。

忙了忙，闲了闲，一天就这么过去了。时间透着凉，花还在来的路上。夜深时翻了翻书，在一些句子里走了又走，在某句诗行里停了又停，才觉得这一天，怎么就这么过去了呢。

想到诗人海子曾说的"我想在大海上画满窗子"，久在樊笼里，画地为窗的人，心中早已有了大世界的。我们平常人，在日常里营营役役，总难免为自己画地为牢。

所以，我总是每年冬末不忘提醒自己，我的春天，从二月就早早地开始了。因为我在心里，擦亮了所有的枝头，铺好了小径，叫醒了春水，叠好了梅衣，一身春衫，微笑等待。

二月二十六日。晴，云静在空中。

一友给我留言，八个字：一别数年，我要见你。

是十多年前的一个朋友，被岁月的大浪拍散的朋友。

只有八个字，我感觉我已念了八百遍。还有什么比"一别数年"更惊心的，回首一步一个趔趄，像一个光阴里的老人，蹒跚往回走。

但光阴啊，是牵人的绳，用尽力气，牵着你往前走。想慢下来的人，总是举步维艰。

"我要见你"，又是惊心、铿锵的话，不顾也不管对方，只是遵从内心：要！

也许真是因为一别数年，才如此坚定地要见。

这个世间，有多少的友人，走着走着就不见了。是两个人在玩捉迷藏，玩着玩着就把对方弄丢了，或者把自己藏没了？

这个世间，唯有时间不说话，它知道一切问题背后的答案。

见与不见，时光不管。

时光只管拉开距离，能缩短两个人内心的旅程的，是两颗心。

二月二十七日。晴。有风，风吹来江南的梅花香。

一个小小的感冒，可能突然觉得自己需要依赖一个人。

是的，小小的病，怎么就那么天翻地覆地痛呢？也许是缺一双臂弯，也许是缺了一个怀抱，也许就是缺了三言两语的关心，也说不定就是缺了一页诗般的浪漫。

可是，小病是一所学校，你一定要学会一课堂，那就是珍惜自己。

再苦再难的生活，再累再忙的工作，都要无愧于心地爱着一个人，然后也无内疚地对待自己。

一个老友多年前就总结说，自己一日不如一日。我听着，心下黯然。过后，我和他单独说，我写作这么多年，每一篇文章一写完时，我就觉得把一切气力都写了进去，再也没有力气写下一篇了。

可是下一篇一样让自己感觉美好，一样让自己有理由相信，这世间的美好，是看不完的，是遇不完的，更是写不完的。

所以，身体上的病，不是病，身上的病，是你内心的一所学校，校长名叫美好。

二月二十八日。晴美。天空像一页信纸。

淡蓝淡蓝的底色，没有人在上面写字。甚至往事的雁阵，也没有留下一丝痕迹。那些白的云呢，化成山间清溪了吧，或者已成某个人的绕指柔。那些风呢，跑累了吧，在花下小坐吧。

总之，信空着，看看，却很美。

有时，就这样空着吧。

|三月桃花酿|

> 今夜,请让我斟一杯杯的酒,摆在长亭,摆在春风里。每一杯酒,我都高高举起,像举起一盏月光,敬那些赶来的花朵,敬那些美好的念,敬光阴不曾辜负的慈悲,慈悲里那些细小的美好。

三月一日。阴。

今天看到我的一盆菖蒲君开了两朵花,但让人怎么也想不到的是,这其中一朵,是前几天开过的,早已凋零好几天了,竟然又开了一遍。

太令人惊讶了!我想了又想,这是人间传奇。

大半天时间里,为这朵开了两遍的花失了魂魄似的。恰在这时,又突然发现,不对,是原来开过的苞上又挤出一朵花,另一朵枯萎在一边。

可是这样的情形,也是闻所未闻,仍然是一个奇迹。以前在办公室养了很多年水菖蒲，也从未见过这样的奇迹。

三月了。

三月，念这两个字，感觉有花朵的爆破音，轻轻地，细细地，炸在唇间。

今夜，请让我斟一杯杯的酒，摆在长亭，摆在春风里。

每一杯酒，我都高高举起，像举起一盏月光，敬那些赶来的花朵，敬那些美好的念，敬光阴不曾辜负的慈悲，慈悲里那些细小的美好。

三月二日。晴。大朵大朵的云，无风。

最近一段时间看到很多读者把我的书拍得很美。书出版时，我还想，我的读者如果要拍书，书就是最好的模特，我不要"脸书"——一张脸加一本书。

我的读者，应该是把我的书当作模特，唯有书作模特足够。

因为珍爱，一本书便是光阴美人，是岁月里最优雅的模特。于花下不争宠，却眉目明媚；于月下不争辉，却颊染花光。

我们要有一双见素的眼睛，自然有一颗见美的心。在那些开花的光阴里，总有一个人愿意和你一生看花相思老。

三月三日。晴。

我要把这一整年的每一天，所看所遇所想，都写下来。也许只是为了提醒自己，不要辜负，不辜负青春老去，不辜负真心相待的光阴，不辜负一日一月一风一雨一日常的美。

看到安妮宝贝在微博里说的一句话：

只有领会过孤独与流离，才会真正懂得如何去维系与珍惜。也只有实践过相爱之痛的人，才会理解如何把情感与欲望转化为领悟。不再是情爱煎熬的此消彼长，而是生起慈悲之心。

我喜欢这一句：实践过相爱之痛的人。

实践过相爱之痛的人，是神，是凡间的修行者，是行走在山川的无心人，是风雪夜归人，是春暖花开时节的赏花人，是面对尘世，能背过身去与旧时光相遇的人。

三月四日。晴。

几天里买了近百本书，很多是闲书，可惜古书不多。有的一买买两三套，是想着以后可以送给朋友。

感觉古书早被我买尽了，有些失落。其实想想，书架上的，还有很多没看。即使看了，也没完全看到透。

我喜欢在桌边随意摆几本，有时随手拿起，随便翻翻，在一个字，一个词上，良久地停顿、回味。这样的时光很美，因为它很慢。

读古书，不怕慢，慢才好。慢会在一个字上生出无限的世界，无限的韵味，无限的境界。

这样一慢，仿佛是与美好一起走在路上，闲闲散散，见风光，见喜悦。

三月五日。晴。惊蛰。

去不远的小山采了泥土，泥土里很多腐叶。喜欢有腐叶的泥土，因为叶子上一定有给花朵的信，一字一字落到泥里去了。采回这样的泥，一定是暖的。

因为惊蛰了，那一字字的情话，也会醒的。

也许所有的泥土，都是花花叶叶经过千万年变成的，所以，我又喜欢用"采"来表达一份敬意。

陆苏有一首《惊蛰》诗，一开篇就是"一树玉兰，都归我管"，她是一个内心丰盈的诗人，让人羡慕。节气都住在她的小村里，她是村长。

有时希望自己也能活出一首诗的模样，这样我就能活在光阴的诗集里，活在一个美妙的诗人笔下。

三月六日。晴。晚有雪。

晚上八点半左右竟然开始飘起雪来，赶忙下楼。

惊蛰过后竟有雪！

我扬起脸，伸长脖子，雪细细碎碎地落着，一丝凉意，竟然让人感觉温暖。久违的温暖。

在路灯下看雪，雪像射下来似的。我很想知道它们是从哪里来的，路上遇到过谁,心里又惦念着什么。

三月七日。晴

几天前就想去爬山,但因工作繁重,一次次地与初春的山林爽约。

今天终于狠心挤出点时间,不顾一切地去了里口山。在杏花与桃花开放之前,我想去看看那些阒寂的树。

在这个尚冷的初春里,我想把我的问候送去,日后长出的一片叶,或开出的一瓣花里,一定有我的美好。

去里口山主要是去王家疃村。村居依山建,沿小溪岸两边分为南北街,村不大,但错落有致,别有情趣。

走在这里,你会看到,几乎家家守着一棵杏树,或于院子里,或于门前。就算溪岸边,也能见到斜长的小杏树,大概是自然长成的,村民又不舍得拔掉,只去除了伸向狭窄小路一边的枝,任其他枝斜向溪流。

一生守着一棵老杏树,该是多么美啊。

村里几乎见不到几个人,很安静,安静得出奇。有的房子周围还有雪,远山上也是雪。昨夜的一场雪,不知是赶来赴谁的约?此时生出人在世外之心,也就难免了。

喜欢一个地方,一定要多去几次。每次都会有新的收获,新的启发,新的美好。

最好是可以在那里住上几天，什么事也不干，每天在街上闲散地走走。

其实，一直不敢说，这就是我的梦想。因为总没能实现，也不敢轻易再去说了。

之前很长的人生，一直在朝着这个梦想努力。先要把委身的工作辞掉，但仍要有生活的能力，一切终于达成所愿时，却又不断地陷入各种羁绊里。比如新工作，碍于人情，走不开；比如身上的责任，不能丢掉，抛不开。

于是在心里，养了好风好水，好花好月。

身体也需要一场雨

> 偶尔,试着往后退一步,看看街边刚刚一闪而过的树,已绽了花苞;偶尔往后退一步,等等你的灵魂,一起走走路,散散步。

三月八日。晴。

今天是"妇女节",或叫"三八节",叫"女人节"大概是避讳"妇女"和"三八"两个字。现在的叫法更多,比如"女神节""女王节"。甚至网上的有才人,还总结出"妇女节""女神节""女王节"的区别:有人宠爱的都过女神节,没人宠爱的过的就是妇女节,自己宠爱自己的过的就是女王节。

现在过节,其实过的就是一种气氛,一种交流,也挺好。

所以不妨也来逗取几个节日名。

比如你宠一个女人如孩子,就给她过"妞妞节"。然后给她不一样的陪伴:"我派花香大军去接你,派带花侍卫去爱护你!"

比如你爱她爱到圣洁,就给她过"仙女节"。你要告诉她:因为你可不是一般的女人,我要摘花香润上你的唇,扯春风绕上你的风情,铺云在你脚下,然后捧你上手心,你想摘月就摘月,你想洒花香万亩于人间,都随你。

一个节日,也许让爱变得浓了,并非坏事。但在日常里,确实有非常烫手的炙热的爱,浓得化不开,又是让人很心疼的。

若有爱,不是"浓"就一定是好的,浓的咖啡,浓的甜,有时都不如一杯白开水,或一杯淡茶,更有余味而长情。

在长长的岁月里,浓一定不如淡,淡不是无,淡真的是至深情的味道。

淡是每一个日常里,都能爱得不迷失、不迷惘,从容而美好。

三月九日。晴。

读者疏影将花瓣散落于我的两本书的书页间,拍给我看。她说:"鲜艳,热烈,与先生的素美、淡雅相得益彰。"

我知道她这份美意。

生活中的点滴,也像这样的花瓣吧,落到书页里,书会开花,落到走过的路上,路会开花。

告诉自己,有些情谊,一定珍重再珍重。

今天在公众号里发了四首诗,其中有一首《酿了桃花酿》,开篇是:

时光有时会把你撒下

把你撒到诗行里

把你撒到可以摘花的小花房里

暖风细在文后评说:平生第一次觉得"撒下"二字居然是有温度的,撒得那么美妙美好。光阴良善,只为成全。

我用"撒下",是因为我觉得一个人即使一生有太多的苍凉,即使被命运撒下,被光阴撒下,也要怀一颗美好的心看待。甚至,终其一生,能做一个被光阴撒下的人,该是多么幸福。

光阴良善,说得真好。

光阴会磨平我们的青春,换了我们的容颜,但光阴也会赠我们欢喜心。

三月十日。晴。

人活到一定年纪时,真的要停下来,去看花,去嗅花。

后来我想,这个世界上应该不只是优雅的在年轮里渐渐心苍老的人才会去做,应该一定会有小小年纪也懂得这美好的人。

我以前写过古董店,里面放些简单的东西,比如一些旧物,一些信,怀旧的人,可以来看看,哪怕是看别人的人生与故事,一样可以从中得到温暖。

所以我现在就常想，以后把我的书弄间小屋，叫书屋也好，叫什么别致的名字也罢，里面有旧书，也有旧信，更有旧时光。

偶尔，试着往后退一步，看看街边刚刚一闪而过的树，已绽了花苞；偶尔往后退一步，等等你的灵魂，一起走走路，散散步。

三月十一日。晴暖。

养的水菖蒲，竟然在同一个花苞里又开出来一朵，共开三朵。

茉莉的一个枝上结出九个花苞了。

美好的事情这么多，我先开心地去忙要紧的工作了。

三月十二日。小雨。

今天是植树节，小雨，不冷。

带着去年收集的广布野豌豆花籽去了小山脚下，随处撒一些，任其春天恣意地长。

因为喜欢花花草草，我开始有了个小梦想，那就是收集许多知名不知名的花籽，春天去山里时，随便播撒。

希望美好的人，有机会可以一起做。你在南，我在北，不同的地方，相同的美好。总有一天，满山坡会长出不知名姓的小花。深山野花不需名，唯美入心自欢喜。

想想就觉得美好。你有没有觉得，你这样一想时，光阴也在你心里撒花籽。

光阴有时多情，给你撒红豆，有时又若禅，给你开莲花。

三月十三日。晴。

早晨给花草浇水，发现茉莉又绽出一朵花苞，一共十朵了。

去年的茉莉从三四月一直开到九月中旬了。我查了相关资料，好像茉莉没有这么长的花期。可能因为现在家里还有暖气，所以花期提前了。

两株茉莉长得没有型，枝条乱长，很长，叶子稀疏，不知是什么原因。这两株本来差点死了，但慢慢活过来，所以一直对它们放任生长，不剪枝。

傍晚去垛顶山，玉兰已吐苞。

还去看了一个鲜有人去的偏僻一角，那里有一棵杏树，周围杂草丛生，松树相伴。唯这一棵杏树，每年春天寂静地开着一树的白，初次见时，喜悦难言。

每次去垛顶山，总要看看它。

三月十四日。晴。云多。

越来越暖和了，白天最高温度8摄氏度。对于南方而言，8摄氏度不算什么，但对于北方来说，8摄氏度就是温暖的象征了。

那些光秃秃的枝上是怎么开出花的？一定是信念被暖着，梦想被暖着，美好被暖着，与另一个花的缘，也被一直暖着。

三月十五日。晴。

有一朵茉莉,就要开了。白而干净的瓣,正一层层要绽开了。

想起去年茉莉开时,我在窗前听雨,不记得当时想过什么,唯记得那一时的喜悦。听雨佳处,大概最美的便是内有喜悦,如此人在何处,心头都会有诗句滴滴答答。

古人奉听雨为乐事,竹楼、林间、窗前、荷亭,无处雨不曼妙。而雨落之处,芭蕉上、荷叶上、青瓦上、油纸伞上,无处不生诗啊。

记得有文章写雨打在棚上,"如穿着木屐独行足音清晰的古人",实在是妙。

今日晴,却因窗前茉莉,我听到雨,打在我的身体上。春天了,我的身体也需要一场雨吧,如此,我才能抽芽,与春天美好相见。

三月十六日。晴。

今天天气也特别好。家里的茉莉结了十个花苞,今天开了第一朵,很干净的花瓣。菖蒲同一个花苞的位置,又开出第四朵。

想想以前在办公室养水菖蒲时,从没有这样细心地观察过。生命中,总有一些美与曼妙,被我们疏忽掉了。

只愿意向美好的事物靠近

> 把清瘦的往事摆上茶席,把花香虔诚地邀来,把白云,把清风请来作陪,好好地聊一聊那些春天里的花事……

三月十七日。晴。

跟多年的老友无意中讲起,年少时无目的无所谓地行走,不管来路多长,不顾远方多远,走着走着,就觉得人开始老了。朋友惊呼,那时你才十八九岁啊。

可能那时走得太多,一条巷子可以走一千次,一座山可以爬一百次,总是停不下来。我走的不过是眼前的山,涉的不过是脚下的水。

为什么一夕忽生老意?可能是因为开始惧怕,惧怕潜藏心中的茫然,不知要把我带去哪里,更找不到尽头。

如今回想，心中缺一个终点站，走多远，都如走在沙漠里吧。

三月十八日。晴。

看以前的文章，整理了几句写过的诗句。虽拙劣，登不得大雅之堂，但如今再看，仍有一番滋味，毕竟那是我自己内心的映照。

其一：山抹闲云无墨画，林漏疏雨有声诗。青山是最高明的画家吧，闲抹几缕，你看不到全貌，甚至看不到它的墨，它的技法，但你眼前有画，心中有画。林间听雨，确有美意，而林中叶间漏下的雨，听来更妙，漏下的分明是诗，有声音的诗。

其二：一山起峰自游云，一枝临风自放花。人若如山，日月一定是厚土，垒光阴起峰，经历岁月的累积，才终能有云闲游，一派自然。终要枯尽的枝，何尝不是我们的人生与光阴啊，可是仍有美好的汁液供养美好，也终会得春风照顾，美好开放。

三月十九日。晴。云薄。

翻书时看到清代黄国珌写"性情"短文，他推崇"性淡如菊，情幽似兰"。

这是人一生最难成全自己的"性情"，能看到这一点的人，也许还在修为。但大多数人是看不到的，即使看到这八个字，也只是浮云掠影似的，轻轻地，不拂一下水面，更别说静水深处的幽寂，就离开了。

人生不该是一个一个须臾，不曾留下一个涟漪，不曾留下一个缓缓的倒影，就对往事，对光阴，一别经年。

我们要做的，也许很简单，只是缓慢地走着，只是慢下来，开出自己的菊，开成自己的兰。

三月二十日。晴

听到一个极令人悲伤的消息，年轻的生命好似瞬间就凋零了。

人内心的世界多重要啊？我一直认为，这个世界上比爱情、金钱、名利更重要的，是一个人的内心世界。

内心的丰盈，是人一生的宝藏。

年轻的生命就这样不计后果地任其逝去，白发人送黑发人，怎么能这样无情？

身边有朋友会偶尔提到思念已故的父亲或母亲，每听心里也是一阵紧。记得一个朋友怀念老父亲，常落泪，我知道，这样的生死相隔，是每个人都必须面对与经历的，所以我曾因此回复说：

小时候啊，很小很小很小的时候，你还没睁开好奇的眼睛，还不知羞，没穿衣服，可是你哇的一声哭，有个男人却笑了，笑得比你还小，笑得像你稍大点的小时候，一派天真。

这个男人，无论在哪里，都会看到你，关心你，他看着你长大。当你再为他而哭时，他会不舍，但他会继续给你力量。

三月二十一日。阴转晴。

晴日，春分过，玉兰开，有酒有茶，有开花的路，归家看书。

书上有古人扫尘，把清瘦的往事摆上茶席，把花香虔诚地邀来，把白云，把清风请来作陪，好好地聊一聊那些春天里的花事，聊到夜深更静，然后各回各家，睡一个好觉。尘世的事，这样最好。

三月二十二日。晴。

茉莉枝上一共结了十八朵花了,不过有六朵已开过。刚开的茉莉，白得如雪，洁得如玉，看一眼，都怕眼神落上去时惊扰了它们。

这就像我对书的感情。我放下一本书的时候，总是轻轻的，再轻轻，然后又轻轻地在封面上抚摸一下。

可拿起时，常常猝不及防，刚要打开，又突然发现不虔诚，然后又轻轻地抱进怀里。

这样的一本书，是爱到了骨头里吧。

生活中总有那么多无助困苦之事，我觉得人心还是得留有一分净土。那里可以栽花，可以读书。

人又终会孤单的，更需要这样的净土，厘清人生的脉络，看透世间某些薄凉，得到自己的喜悦。

人这一生,常有太多无奈,我不管,我只想着美好的事,就能心安;我也只愿意向美好的事物靠近，如此才能保持好心境上的那份施施然。

三月二十三日。小阴后晴。

买了米兰花。有一年在海边住，看到一个花摊上米兰开得细细碎碎的美，便一直想养一盆。

之前采的土正好用上，在窗前的日光里，一捧捧地捧进花盆里。花盆是前些日子去印刷厂时，在其门口碰到的小摊位上买来的。老板说价格实惠，也没还价，花百元买了两套。都是给人古朴暖意的好盆。

用了近半个小时侍弄好后，才发现米兰的主干有点歪，又找细绳牵引。终于收拾妥当，就坐在米兰前，一叶一叶地擦拭。

那么小的叶子，有几百的数量了吧，肯定是擦不完的。只是觉得这样擦拭一会儿，心是安的。

是安静的安，也是安好的安。

三月二十四日。晴，偶尔阴。

街边的白玉兰已俏立枝头了，通过车窗看，一闪而过的白，虽然那么急促，却一样能带给人喜悦。

去邮局取款时遇到两个人，那么熟悉的脸，那么熟悉的说话方式，我却大脑空白，不知他们是谁，不知在哪里认识的。

人的大脑深处，都有一间放映室，那里放映着幻灯片。

那些往事，那些光阴，永远不是一部完整的电影，更不是连续剧，只能是一个一个片段的衔接。

一帧一帧的回忆，渐渐地消失于大脑深处，从不曾忘记，却也从不曾想起。大脑深处有一个黑洞，湮没一切。

能留下的，自然也是最难忘的。

所以当那些一闪而过的白玉兰在我的脑海里"录制"时，我多希望，那一刻，也许在多年后，再也记不得，但脑海深处，有美好的香味，永远不曾遗失。

出门俱是看花人

> 我伸出手,接着雨滴,扬起脸,迎着雨滴。我的手指、脸上,都会长满春天吧。手指温柔地翻书,那温柔就是春天无疑了;嘴角扬笑,面带喜色,那笑与喜,就肯定是春天了。

三月二十五日。早晨小雨。

昨晚梦见我走在路上,然后两条腿一下子掉进两个泥洞里。好像是前面的人陷过的地方,我正好一脚踩了进去。四周是湿泥巴,我怕弄脏了手和衣服,便叫不远处的人来帮忙。但没人帮,我便自己爬了出来。

少做梦,这梦奇怪。不知梦是否有什么寓意,或者冥冥中有什么暗示相告。不得而知。

但我知道,现实中我从不轻易求人,别说被泥巴弄脏了衣服,就是弄脏了我的灵魂,我也要自己挣扎脱身,不愿低头。

由此，那句"此生只向花低头"，说得多好。

陆苏是个诗人，话不多，她只把自己交给诗。偶尔，她会来一两句让我惊羡的诗行。除此，她会把她拍的照片发给我。照片里，也许是一个黄昏，黄昏里的一花一书，也许是你永远见不到她眼里天空铺开的花朵。

那花朵啊，美得你感觉此生从未见过。就像她传来她家小院里的白玉兰照片，那白，那花朵，让人一刹那有一种此生未见过玉兰模样之感。

她是个天生的诗人，她镜头里的玉兰也像诗！北方的玉兰也开得好，大大的白，大大的饱满，却从没见过这样的绽放，像诗行铺开在天空里。

三月二十六日。晴。

今天买了香水兰、黄金雀、六月雪、旱金莲。

其中香水兰和旱金莲是今年春天最想买的。以前在花摊上看到过，但那时并没有买，只想着等心有更多闲情时，再好好侍弄点花草，慢慢添满一屋子的香。

香水兰常见，在日常里，细叶小花一开，日子好像就明媚起来了。我是盼着这样的日子，我深藏其中，我乐在其中。

旱金莲初见时，还是很惊艳的，那如荷的叶，虽小，却别致，又给人随意之美,花朵也美,俏俏的。

听花摊老板说起如何让旱金莲攀枝蔓,听得也不认真,我只是想着任它们自在地长。

三月二十七日。阴转晴。

读者疏影给我发了两句诗,说是斗胆改了古人的诗:春深若此浑不知,出门俱是看花人。

我觉得这样的胆子多有点又何妨呢?因为是心怀美好。何况改得特别有味。春深,点得好;浑不知,用得好。在意境上毫不逊色古人,更有深意。

眼前会出现一个人深居不知门外春深,待推门而出,花树繁华,看花人处处皆是,那扑面而来的,肯定是极震撼人心的。

三月二十八日。零星小雨。

星星点点的小雨,一滴雨里一滴春啊。想起袁枚《随园诗话》里的诗句"阶前不种梧桐树,何处飞来一叶风",写得极妙极有味道。那"一叶风",让人一回味,顿觉美妙难言啊。

我也在我这"一滴春"里,偷偷乐了好一会儿。

我伸出手,接着雨滴,扬起脸,迎着雨滴。我的手指、脸上,都会长满春天吧。

手指温柔地翻书,那温柔就是春天无疑了;嘴角扬笑,面带喜色,那笑与喜，就肯定是春天了。

三月二十九日。晴。

米兰花掉了很多叶子，我没有管理好。

本来蓬蓬的一大盆，叶茂喜人，还有细细的小花苞托出，等着见花开。却没想到，不小心碰了一下叶子，便簌簌纷纷地落了一地板，再碰再落，怎么也落不完似的。

心里一下子就慌了。

想到那些早起梳头掉发的人说的，一把一把，掉得人一身凉。

米兰适应温暖多湿的气候条件，成年植株需充足阳光。这两点我可能没做好，买回时没有一次性浇透水，怕涝着了，想过一两天再浇。查了掉叶的原因，大多数人说是缺水，可能还有通风不好。

于是给搬了位置，临窗，通风，有暖阳。

另外还需要注意的问题：米兰在生长发育期间，需放在室外阳光充足的地方养护，并要注意适当施些含磷成分较多的液肥，最好能施用碎骨末、鱼刺、鸡骨等泡制腐熟的矾肥水，经常辅施些含磷成分较多的化肥或发酵过的淘米水等，都有助于孕蕾，让其开花多、色金黄、气味清香。

希望我能照顾好米兰。对不起。

三月三十日。晴。

记事三则：

一则：

香水兰谢了三朵，开了一大朵。那三朵，是替春天去送信了。

每天早晨一起来，会跟这些花儿道早安，观察一下她们的叶片花瓣，看看有什么变化。也许还能看到她们昨晚做过的梦。

自然也要在心底与花说话，这样，每一朵谢了的花，或许都是在替春天送信，信中有我的情谊。

二则：

茉莉新绽一朵，净白的瓣，看一眼，总是有着说不清的思绪。一点喜悦，一点若有若无的愁，越是白的事物，越是容易让人惹愁啊。

去年所有的茉莉，全泡水喝了，因为花谢得快，一开到一谢，由白转微微的红，仿佛只是一转眼的时间。谢在枝上的茉莉，没了那洁净的白，总是让人心酸一阵。

而泡水喝，花瓣一直在清水里嫩洁洁的，一次一朵或两三朵，在杯子里舒展着。

今年没有泡水喝，任其谢在枝上吧。

但是今天这一朵，想摘下入水。我想把花色喝下，把花语喝下，把花香喝下。

三则：

下午再也忍不住要去山里了，将手头一份工作做完，担心老总还会打电话找我，可仍是不可控制地想去山里看看。

自从接手新工作以来，真的不敢想得失。之前每天下午四点半准时跑步，需要完成的工作也多，但时间是可调配的，我是时间的主人，因此想何时爬山就何时。

山还是我常去的小山，但每次去，都会"迷路"。是故意乱走，因此每次总能有新收获。比如那次捡到小山雀窝，便在林间采各种野花，插于其中，美其名曰：雀巢插花。

今天亦然。因为时间有限，没有攀到山顶便折回。此时的山里，即使野草也不见长，更别说野花了，鼠尾草也没有见到，唯一见到一株野花，但不知其名。还好，下山时，在与去年秋天一直在枝上挂到现在的小红果不断相遇时，一抬头，看到前面一株蓬蓬开着白花的树，一大片，像燃烧的雪。

我知道，是山桃花。果不其然。树并不高大，但枝干四野漫长，野性十足，枝上串串桃花，开得极艳。

周围还是灰色漫眼，这一树的白，开在荒山无人知。

有幸让我遇到。

四月将至，谢谢一树山桃，让我完美地在三月的尾声里，奉花晏笑，迎接人间四月天。

三月三十一日。晴。

昨天大开的香水兰已萎谢，但新开一朵。

明天就是四月的开端了，人间四月天，杏花也该开了。

每年都会去里口山里美妙的小村沿溪看杏花，我去过无数次，那里还有桃花，以前是满山的桃，现在也多。但杏花别有味道。

三月七日那天，我曾早早去这个如世外桃源般的山村，当然杏花还没开，我早早地去只是想看杏树的老干老枝。

那里家家户户房前或院里，都有一棵杏树，回来后还写过一句：一生守着一棵老杏树，该是多么美啊。

曾在一棵杏树下，遇到一个老人，我写过他无数次，前几天给杂志写的一个稿子里又提到了：

我在杏花树下遇到一位面带蔼然的老人时，杏花如雨地往下飘，他就坐在竹椅里，像坐在往事里，不为路人所动。

若有机会带你去看杏花，老人不在树下，我就过去，坐树下。

我眼睛里有清风，面容上也还染着花色，安详，微微笑着。

|四月簪花行|

> 爱着的时候，真的是这样，见花花是你，闻香香是你。

四月一日。晴暖。日光明媚。

进入四月，就感觉真正到了春天。今年的春天来得晚，一直感觉到料峭寒意。

幸好，一直养着一团春意思。再读读郑板桥的《春词》，心里的春便越发浓烈了："春风，春暖，春日，春长，春山苍苍，春水漾漾。春荫荫，春浓浓，满园春花开放。门庭春柳碧翠，阶前春草芬芳。春鱼游遍春水，春鸟啼遍春堂。春色好，春光旺，几枝春杏点春光。春风吹落枝头露，春雨湿透春海棠……总不如撇下这回春心，今春过了来春至，再把春心腹内藏。家里装上一壶春酒，唱上几句春曲,顺口春声春腔,满目羡慕功名,忘却了窗下念文章,不料二月仲春鹿鸣,全不念平地春雷声响亮。"

怀里真有一团春。

紫云英种子发小芽了,一颗花籽长出两片,嫩嫩的,像眉毛,先是紧紧地合在一起,接着可能遇到日光,也可能是看到我,总之"眉毛"慢慢舒展开来。

这个世间,敢长绿眉毛的,大概只有植物了。

紫云英也叫翘摇,好听的名字。

春好日,看着小芽,眉间就早开了花香。

四月二日。晴。日光倾城。

几年里,读者"淡淡的清香"一直在看我的文字,并绘制小图做手抄本。她至真诚地来感谢我,带给她更优雅、宁静的生活姿态。其实,在我看来,是她内心早有自己的风光,然后通过一些文字,她走进了自己的内心,每天都过得很美,也过得很慢,然后慢慢地找到了另一个自己。

她也不多说话,只是把我每篇文字都抄写好后拍照发图片给我看。今天她又发了图片,并说了一些关于看书的体会:

"我常常看你文章下的留言,也精彩纷呈,书友的友谊与倾诉的欣赏之情都让人很感动。从他人的评语里也倒映出先生的风骨让众人皆醉亦迷！但有一个网友的留言让我笑了：'我收到了书，都已看完了。'当然，我能想象到她一口气吞下了这些文章、急不可耐的心情！而我，是那么慢那么呆地在一篇文章里，不想挪开我的眼睛。每一次看一篇文章要翻了又翻，想了又想：想出一幅画面，悟出一个意韵，直到配上我的小图，才依依惜别短暂光阴！我数了一下有上百篇文章，先生要渗进多少的精力，用具有无法言语的情愫去写，一笔一画，都是生活，由情感的真谛而发，走过多少个四季而书写完成。我只觉得这书才是我的'一生看书相思老'。"

我看书也是这样，非常慢，非常非常的慢，有时在一个字上会停顿很久，其实世上的书是看不完的，自己内心的风景才是最美的，那风景，有的已然蓬蓬，有的可能还需要自己去栽种。

今天香水兰又长出两三片新叶子，清亮可爱模样。

四月三日。晴。暖阳。

早晨八点多起床，第一件事自然是去看花和侍弄花草，竟意外地发现菖蒲开了三朵。

太奇怪了。之前这盆上两枝花苞都各开过很多花了，一枝上开过四五朵，另一枝上开过七八朵。好多天再无动静，花苞处似是结着花籽，不会再开花的样子。现在，竟然在同一个花苞的位置上开出花来了。

而且有一个花苞处一下子挤出来两朵花。以前在单位养时，从没见过这种情况，而且在家里养了多年，从没开过花，今年不知是怎么回事。

我好想菖蒲会说话，告诉我答案。

马上要出发回老家了，看看父母，看看老杏树，杏花也要开了。

四月四日。晴。

今日清明。

去给姥姥上坟。姥姥已走了很多年，我甚至都快不记得有关姥姥的往事，甚至不知姥姥的名字。也许，"姥姥"就是她的名字。一生没吃过几顿像样的饭的姥姥，今天念起，心里百般煎熬。

一直有个愿望，就是能回到过去，如果只能选一个节点回去，我还是会忍痛割爱，不去唐不去宋，就回到妈妈和姥姥的年代，我不带金不带银，唯想带一些那个年代吃不到的好东西，亲手捧给姥姥与妈妈吃。

这么多年，清明很少回去。永远有工作，永远脱不开身，仿佛世界缺了我，就运转不下去了。

在工作上一直有个铁了心的愿望，就是时间可以自由支配，所以当年才放弃很多机会，选择了后来一直干了很多年、让我走不开的工作。所幸的是，在时间上，我是个自由人，至少我感觉我自由。

以后只要我在威海，每年清明，我都该回家，给姥姥上坟。

四月五日。小雨。

清明时节雨纷纷的雨，纷纷落到了今天。

山渴了，树渴了，草渴了，花也渴了。虽然是小雨，但总觉得聊胜于无，好似这一场雨，便能催开百花。

可是下楼去种花籽时，却发现楼下的杏花，落了一地。

那么洁白地落了一地，心头一阵不舍。

赶忙拾花。拾了一捧，拿不了，便找地方妥妥地先安放好，接着拾。越拾心越疼，怎么就拾不完呢？那么白，那么洁净的花，像是没来得及说出口的知心话，就这么落了一地。

四月六日。晴，暖阳。

看白先勇先生课堂录音的音频编辑的一篇编辑手记，有两点记忆特别深。

一是"情根一点是无生债"，白先勇先生常用这句话来形容他和《红楼梦》《牡丹亭》的缘分。

二是该编辑的同事的一句评价：白先勇先生是八十岁的宝玉，讲得兴高采烈，赤子般动情。

四月七日。阴转晴。

听了一首新歌《如你》，歌词特别好，一开始就好：初雨如你，娇嗔如你，风与我讲你；梦如你，魅如你，宿命如你……

还有：木棉花绽放时如你，细品杯中清茶如你；色白如你，温如你，清澈如你。

爱着的时候，真的是这样，见花花是你，闻香香是你。

|一痕春水生|

> 即使光阴无情，但因为我们美好地走着，终于是可以将光阴走到柔软的。这样，再吹来的风，不是吹乱鬓发，而是软了眉眼，看万物温柔，有美的光泽照身。

四月八日。晴。傍晚小雨。

记事二则。

一则：今天虞美人手绘工作室举办了关于我的书的阅读会，并邀了我参加阅读会微信群。虞美人其人非常善解人意，特意告之一切会尊重我，可以在活动结束后退出群。

听了大家的一些阅读感受，也倍加珍惜写作的时光，同时感恩一路相伴的美好人。

其中有一个问题，是关于我是如何安排写作时间的。记录如下：

写作的时间常常是"挤"出来的。工作时间除外，因工作事多，所以常在晚上写,但因工作相对自由,时间可由我自行支配,所以有时也是白天写,晚上工作。说"挤",是因为写作是命,是生命的命,也是命运的命,更像是使命的命,所以抛不开,也从没抛开过。

但一天的时间,太有限了,工作、跑步、看书、睡觉,分配上很难,所以只能挤。走路时不看别的,看街边花草,从眼神里"挤"美好,也许会突生思路;从阅读里"挤",挤古人的灵感,更挤古人的时间,借为我用,从中汲取营养;爬山时也去挤,挤山这本大书中的智慧,挤掉繁忙的事务,抽身静在山中,一分钟能挤出十分钟似的。

所以分配好不易,分秒必争似的,但又一直在隐退,很慢地生活。

二则:

发了《风软眉眼》一文,有人借文中句意在微博里留言:一生的墨,见一生的人,幸事啊。说得真好,墨用"一生"做定语,那墨才是安稳的带着喜悦的神色,笔触里流淌的,便是真情,如此见的人,必定也是"一生"的人。

以文字,深心以谈,谈所读之诗之句,谈日常一花一草,细细交心,多好啊。

得好诗句,谈与知心人听,聊起花,知与知心人,多么深情而有趣呢。

四月九日。晴。

下午去里口山的王家瞳村，我喜欢叫它杏花瞳。因为家家户户都养着杏花，每年四月春好时节，沿溪的蜿蜒小街道两边错落农户门前，一溜开着一树树的杏花。

今天的行程本来是提前就定好的，妈妈从乡下来妹妹家，明天要走了，所以想着周末大家一起去走走。妈妈从来没有离开过山东省，其实应该说从没离开过烟威地区。

看着别人的父母远游，我的父母却一辈子只在农村那个破旧的草房里生活，对他们来说，最远的远游，就是来五六十公里外的威海，他们的一双儿女所在的城市。

因为去不远，所以，只能带妈妈去杏花瞳，那是我的时间允许可以去的最远的且美的地方。当然，所见的还是农村的样子，但那里的生活早就不是农村中规中矩的生活了。或许我现在能给父母的，也许不过是周末从工作中抽身出来，带他们去走走，何况十几年才这么一次。

心下还是凉了又凉。

我知道，妈妈并不在意这些。而我要做的，也许最好的回报，就是让自己美好再美好地生活着。

今天还几次提到因少雨，溪无山泉，也是徒然伤怀几许。

但晚上静坐下来，想写写杏花瞳时，我还是以美好再美好的心愿，只愿记住越来越老的光阴里,那永远如花香般的温柔的美好。

文章的题目叫《今我来思,杏花成溪》。

四月十日。晴。

忙了一整天的工作。午饭匆匆,晚饭匆匆,又一直忙到深夜近十二点了。

只能匆匆地记几笔了。

工作期间,浇了几盆花,抚摸了几片叶子。香水兰又绽出一大朵来,旱金莲有叶子枯了,却长出七八片嫩绿清亮的小叶子来,如荷叶。

四月十一日。晴。

将几盆花移了位置,有微微的风,暖暖的日光。然后于花前小坐片刻。

做这样的事情时,会觉得那风,那日光,也关照着我。想到青春的字眼,心里已无悲无喜。

青春是不会做这样的事情的,有一次酒桌上与朋友说起,我现在特别能喝水,我的意思是我喝水比喝酒更拿手。结果朋友看穿了我的心思,来了一句:这说明你老了。

我后来顺着他的思路又想,也许,老的身体更需要酒,酒是唤醒"老"的英雄。

当然这不过是一派胡言。我才不信。

青春终归是有青春的模样，每个人的青春不同，所以感受也不同。

我想起以前写过的几行有关青春的句子，翻遍了电脑，终于找到了：

牵了，再从容地挥手

以为告别有了更深的内容

所以转身

那个时代叫青春

我们叫着喊着

我们要把天撕开一角

把地挖开一洞

把爱情当作一天 24 小时的秒针

那个时代叫青春

可以什么都在乎又可以什么都无所谓

有大把大把的时间和光洁的面孔

唯独那么坚信没有寂寞没有忧伤

真的，那个时代

叫青春

四月十二日。晴。

忙了大半个上午的工作，临近中午本来要回家，后转进留芳园。

起先想看看竹子，但钻进最深处，看到一面从来没注意过的墙，墙上爬满了爬山虎去冬的枯藤。细细看，那些"小脚"，直觉得植物的力量，太让人敬重了。

春已来，爬山虎也冒出小小的芽了。想起去年秋天拍的近百张爬山虎的照片，那段时间，直觉得光阴是那么柔软，心有安稳的喜气照来，所以拍出的照片也美，即使到了深冬，仍时时翻看。

后开始看竹，竹茂而高，有风吹来，细细碎碎地响着。风来竹响，是再自然不过的事，但细细去听去看，不无动容。

直觉得那风与竹是来相会的，忽一阵风起，竹摇响细碎的念，又缓缓地，竹叶婆娑，撒下光和影来。因风，竹气韵飘举；因竹，我看见风。

中午回家时，突生折花的念。于是几次停车，折了桃花、迎春、美人梅，欢欢喜喜的一大捧。当然没有一大捧，只不过是十几个细枝，但看着，感觉花香一下子捧进了怀里，怎么不是一大捧呢。

喜悦归喜悦，但折花时心会疼，是真的疼，实在不舍。

想想古人折花怡情，我能稍微心安。但每折一枝，必定要细细端量，一树的花，不多折，挑旁逸而出的，且选有造型的折。

归家后也无心吃饭，急忙给瓶添水，插枝花入瓶，生怕多耽搁，花就枯了。

四月十三日。上午晴，下午二时左右阵雨伴春雷，晚上八点半左右开始雨不断，雷也不断，有闪电。

清香看过《今我来思，杏花成溪》后留言说：略感凄凉，听花开花落声，触景生情，隐藏在心底的往事已泛黄、尘封，不堪回首。

想想也是，当鱼尾纹在眼角一网打尽青春风韵的时候，额头上留下了沧桑的凿痕的时候，多少往事付诸东流……

当然，她仅仅是感叹伤怀一番，她还是心有丰盈，能清喜自持的人——闻香而喜，年年有今日，花将陪你一世终老！

是的，杏花文是有一点点小凄凉，但我想，更重要的是，不管经历什么，终于走到美好地，怀一颗向美心，向好心，这才是最重要的。

即使光阴无情，但因为我们美好地走着，终于是可以将光阴走到柔软的。这样，再吹来的风，不是吹乱鬓发，而是软了眉眼，看万物温柔，有美的光泽照身。

珍惜当下，一点一滴的光阴，都带着无限美意啊。

四月十四日。晴。

因为我之前写过的两段话，想写成一篇文，于是我写啊写啊，最后快收尾时，觉得那两段不太适合这篇了，所以就把那两段给"抛弃"了，不在这篇里出现。

因这两段而要成一篇文，结果不要人家了。这两段会不会抱头大哭啊？

四月十五日。晴。

从立春前，就开始唤春归，一直到人间四月天，断断续续写了几首仿古体诗。当然只是练笔之作，登不得大雅之堂，所以也没有对外推送，只留在电脑里。

今天又细读、修改，暂存于此：

春唤

素梅一枝画雪晴，纸上浅诗相叮咛。

问伊何处得暖香，寒衣启冰唤春行。

春归

春风十里不惹尘，花明玉净美人恩。

四月芳菲开不尽，卿手自栽一枝春。

春行

坐看潭风月,行处自飘云。

花径不需开,竹杖叩柴门。

春事

春事千尺绣婵娟,夏花璎珞向人间。

打马不问江南雨,湿透青丝花枝暖。

春静

春静烟云满,花枝耐寒看。

雨来滴瓦青,展卷施施然。

春绿

玉泉茶棚人杳杳,忽念去日春色好。

车马辗转赴杯盏,草木新绿和人老。

春水

山中几步遥,但念花月好。

一痕春水生,老杏新花早。

丝雨如烟绿山头

> 想想,我遇见的我经历的一点一滴所谓美好,皆是因为出于本真,唯念一个"好"字,像"天对地,雨对风。大陆对长空,山花对海树,赤日对苍穹",也像一朵花遇到另一朵,像明月遇到花影。只有一个"好",已是欢喜心。

四月十六日。晴。

去拍照片的路上,总是觉得好景不是拍在相机里,而是装在行囊里。

特别是偶遇一处看上去不起眼,但留心处,却别有洞天的景色,让人如获至宝。我不会急于拍,而是先去欣赏,去细心发现这景里的美。这个过程,风景就装进了行囊,回程总会有沉甸甸的美好。

人生路上的行走,也该如此吧。

给杂志写的专栏文章,有一篇名叫《坐成一首词》,是我非常喜欢的。原因很简单,我觉得人要学会坐下来,听听音乐,看看书,或发发呆；坐下来，坐成一首词的姿态，半阕岁月，半阕风净。

但能安之若素、流光静画般地坐下来，一定也是走过了一程程，所以一开篇，我写道：我有一个时光行囊。我在里面，装下一朵花，因我要种一路诗；装下一条路，因我要与你相遇；装下一缕清风，因我要眉目清澈；装下一段时光，因我终要老去。

我最美的时光，便是背着这样一个时光行囊，走在路上。

四月十七日。晴。

今天在窗前对着窗外的树，闭上眼，深深地嗅，是一个无意识的动作，习惯性的动作，当时自己并没有注意到。

我对香并不敏感，回忆起来，与其说我在嗅香，不如说，我在让鼻子享受自然的气息。每每去山里时，会嗅一些不知名的野草叶，冬天时还嗅过枯树枝，若是碰到小溪流自然就会嗅水。

花有各种各样的香，枯枝也有香，腐烂后沉淀下来的很老实的气息，不浊，有一些清新，很沉静。这样的修饰，不着调，但是感觉就是如此的。就像有的人身上的香，不起眼，也不容忽视，让人安静，也让人感觉安稳、踏实。

让人踏实的香，不易得，求之不得，需要因缘成全。

四月十八日。清晨雨。

一老友偶尔给我来个信息，春天时风大，便只来一句话：大的风啊,要刮跑我的城!

在我居住的小城,每年春天都会有一个星期的时间,春风浩荡。久居小城的人对此都印象深刻,每当这浩荡的风来时,大家就知道,春天锐不可当地来了。

人生的大风,势头也许更猛,吹跑了人,吹跑了城。但是,风再大,路都是静的。能带你去到你想去的地方的,不是风,是路。

四月十九日。晴,偶落小雨。

那天折的花枝,已全枯寂。并不觉得悲凉。

花枝任意摆在那儿,或旧坛子边,或书边,不去刻意管。在这个空间里,什么不在旧呢?桌上的书在旧,花色在旧,厨柜里的衣服在旧,地板和天花板在旧,窗外的春风也在一日日地旧。我,也在旧。

四月二十日。晴。

旱金莲长着长着就长出另外的造型来,一边写作一边总是忍不住偷看它几眼。

中午有时间,饭后就细心地松了松土,并试图好好研究一下新造型是十里春风派的,还是百花深处派的。想来,它是不管这些,也好,这样"操心"的事,还是由我来吧。

这几天工作一直太多,今天不得不挤出时间定下心来写稿。

有好几篇稿子，都开了头，就扔在那里了。所以下午一点开始，便安心地写。

终于把《惊喜相窥》与《花以落香为信》写完。此时下午五点，阳光斜过天窗，花枝还染着一层暖。

四月天的人间，花一层一层地开，我们不该辜负好时光。

四月二十一日。小雨。

小雨下了一上午。

若是没雨，春天我总会犯愁的。

沉寂一冬的叶子啊花朵啊，因为一首首诗，便绿了便红了。但是缺了雨，便缺了韵啊。雨笼着林子，远远看去，那绿真是让人心生欢喜啊。

今天有幸冒雨工作，沿威海最美的环海路跑到后山孙家疃镇。其间在一个要开发的广场上因不得已，淋了一会儿雨，内心却欢喜得如孩童。

望不远处的山，那绿，那么诱人，只想一头钻进去。

后在一个屋檐下，看雨看山，只想着时光就这样把我留在这一场细雨里，哪也不想去。

我在心里为这一场雨作诗：丝雨如烟绿山头，三分春色七分酒。

四月二十二日。晴。

今日周六,忙一天工作事。偶有闲暇,也是忙里偷来的。

不翻书,不看花,生活仿佛就缺了点味道。所以抚几片叶子,随手翻几页书,得片刻安闲。

读到延参法师一段话:生活从来都是人生最善意的知己,若能领悟生活的用心,终将明白,生活的给予早已多到无法计数。

有如此心界之人,也确实算得上生活的知己了。

那些只在意失去的人,是因为他只看到自己,但其实却是失去了自己。人一生的境界,不一定是佛里高深之境,也许不过是生活中一点点的知足。

若知足,便得自在。那是对自己最大的善意吧,就如同这一天的忙碌,心有不甘,却不如挤掉烦忧,挤出时间,领悟生活之美。

我希望我是这样的人。

四月二十三日。晴,大风。

我的新浪微博里多是学生,从初中到大学。高中生好似尤其多,他们面临高考,但仍有爱好文字者。

其实微博我根本没想开。当年几乎所有人都不玩微博的时候,因为一个学生读者的一句话,我开了微博。后来发现,现在微博在玩的,好多是学生,所以我就一直开着。

平常会收到很多可爱学生的私信,回得虽少,他们也不介意,继续给我发。心存感激，唯想着好好写，只要他们喜欢，我的写就多了一层意义。其实，也是希望陪他们一段天真的岁月，就像陪着我自己的学生时代一样。

有好几个学生曾发纸条说，要成为一个美好的人，这样就能遇见所有我经历过的美好。

想想，我遇见的我经历的一点一滴所谓美好，皆是因为出于本真，唯念一个"好"字，像"天对地，雨对风。大陆对长空，山花对海树，赤日对苍穹"，也像一朵花遇到另一朵，像明月遇到花影。只有一个"好"，已是欢喜心。

像一个温暖的茧

> 我心是迟开的一朵花,久久地在温暖的苞里;我眼里有缓缓的诗的火苗,手指上有暖暖的午阳。一切都来得及,所以花不急着开,暖暖的,刚刚好。

四月二十四日。晴,春风浩荡。

昨天是世界读书日。从网上订的书今天到了,抱着一大箱上楼时,沉甸甸的,这些书是果实,当翻开书页时,每一页又似花开一朵,有香染上身来。

我看书极晚,家在农村,没有书香环境。小时唯一的"书",就是小人书。记得很清楚,我在镇上新华书店买过一大蛇皮袋子的小人书,因为赶上书店减价处理,花光了我好多年好不容易攒下的零花钱。

小时贪玩,看书极少。大概到初中才知道有琼瑶、金庸。现在想来,很是可笑。这才也想起初中时有一个冬天常流鼻涕的男生,毫不起眼地坐在最后一排,时常捧着小说看,而且还写了厚厚一大摞。

回忆时,他是我敬佩的人。

我一直相信,一个人的阅读史,就是这个人一生的"史记"。

今天收到书,拆箱,抚书,静坐,与书相处一段小时光。

如果读书有仪式感,这就是我的仪式。读书是我们一个人的生活方式而已。

四月二十五日。晴,无风。

我喜欢那些从容的人。不论是朋友,或偶遇的陌生人。

这些年里,也见过许多从容的人,晚霞里静坐的人,晨起跑步的人,孤山小村走得缓慢的人,无不是一道道美的风景。

我也有一些朋友,可能长年累月不联系,但从来不会觉得疏离,内在世界,有一条从容的小径,铺在光阴里,我们随时都可以相逢,随时都可以相约。像个孩童,"春游芳草地,夏赏绿荷池。秋饮黄花酒,冬吟白雪诗"。

陆苏很久没有更新微博,也不着急,只慢慢等着。等着她一字成诗,回味至美。

今天她发了一首《木笔》小诗,回了她一句:

一字成信,一字开花。不见你的日子里,你都在春天里,在玉兰树下，写信。

阿桑写了篇《寂寥》，发给我。整篇文，写寂寥，却不寂寥，相反寂寥却是内心深处从容的喜悦。其中有一句"陈年墨香在指尖上开出花的声音"，写作时的快乐，一定是在从容的时光里，心安于一隅，着墨时，也尽得欢欣。

我觉得生为女子的话，一定要学会从容。活在当下，仍能从从容容，一如古时女子河边浣衣，优雅得如同做一件神圣的事。这样的从容，也是光阴里自己独特的美。

四月二十六日。晴，无风。

大学时好友周仕民喜舞文弄墨，我喜经商。我不知道他对写作有多大的抱负，只知道他写过长篇散文，让人刮目相看。

结果，大学毕业后，斗转星移，他经了商，我从了文。这也算命运开给我们不小的玩笑。

他的事业很大了，在北京经营一家大公司，我却越来越小，只活在文字里。但这并不妨碍我们的友情。

他至今仍时常写诗，多是在他天南海北地跑的途中，每写一首，皆会发给我让我点评。点评得好了，他会发过来一个"虚"字，我就对着这个字笑。

不过，他的诗，还是有点味道的。特别是了解了他的经历后，触发他的灵感,写上几笔的,都是一种非常难得的体验。何况他的表达,常有我意想不到的地方。

昨天上午他又发一首,我在外忙,晚上又有事,直待今天上午才有时间给他回复。

这次他写了一首《夜宿归元寺》,摘录其中一二:

长江水就在身边

归元寺的僧侣

已在聆听经书中的盛典

僧袍尽管暗淡

在清晨的虔诚中

谁又能看清寺庙的容颜

武昌鱼还是新鲜

高铁来的时候

它还是惊悚地睁大双眼

归元寺的钟声

却是从容一笑

放到身边

这首诗禅意很浓,能给不同的阅读者带来不同的联想。

"僧袍尽管暗淡/在清晨的虔诚中/谁又能看清寺庙的容颜",这几句非常好。我们每个人,其实都难看清世间,看清真相,虽近寺庙,却难得人生真谛。

或许我们都在真相之外流离失所,奔波不断,到底需要什么,到底能看到什么,谁又能说得清呢?

武昌鱼的意象也是禅意十足。它给人一种悲凉无奈的身世之感,被从远方来的人盛进自己的碟碗。它睁大眼睛,这写法妙,而人也都是这样,"吃"掉一些东西,比如自己的梦想、欲望,而自己又何尝不是一条曾经新鲜的武昌鱼,终归会被什么吃掉。被梦想?被欲望?被奔波的时光?很有可能。

这时归元寺的钟声,像是一种警醒,还在提醒着自己一些什么,提醒自己内在的本真,提醒自己一直坚持的信仰,提醒不要在路上迷失自己……

这两大段开段句也非常好,"长江水就在身边""武昌鱼还新鲜",非常有意味,利索,直接,由大家都熟识的开句,加上禅意留白能给人想象空间。

这两句,感觉也是写给自己的一种暗示,一切皆在身边,一切皆不晚。在身边的美好当珍惜,仍新鲜的信仰与追求,不能放弃,要放在心里,不忘初心。

四月二十七日。

晚上电脑蓝屏，折腾到很晚，修复未果。

也无心做别的事，本想静静地看书，却又担心电脑里的文件丢失，心里自然没法安定下来，总是忐忑。

以前丢过两次文件，一是给编辑的一封信，内容非常有价值，在信箱里直接写的，却突然因为操作问题，内容全无。那时非常痛恨自己，怪自己手贱，一拳砸向身边的墙，几天里手没法动。

另一次则更惨。因为用的老电脑，在过年前硬盘崩溃，抱着侥幸的心理回家过年，希望年后找人修理时告之硬盘无恙。但这期望终究是落了空，年后的结果是，硬盘里所有的东西，全部挽救不回。

那痛，一生难忘。我也从此丢了我那时所有辛苦写的文章。

四月二十八日。

去电脑店修电脑，检测硬盘损坏。还好的是，硬盘里的文档，大部分都在。

如果全丢了呢？我不知我会有多痛，也许我会突然舍掉这一切，放下，不再言痛。

修电脑期间，正好去了我的紫藤花架。我称之为"我的"，是因为爱着。紫藤正开得旺，满藤满架都是，一串串的紫，一架架的如垂着美好的心事。

很久前,很动情地写过紫藤。但文中的那株老紫藤,去年我去找它时,已不见了。我不知道紫藤的主人,为什么舍弃了它,难免一阵阵的心凉。

还好,我又找到一架。那年在这架紫藤花下,享受着清美的时光,什么也没做,没看书,没玩手机,只是那样坐着。不远处有小亭,中午便在那里睡觉,无限惬意。

四月二十九日。晴。

有时会忽然觉得,四月像一个温暖的茧。

如同我心是迟开的一朵花,久久地在温暖的苞里;我眼里有缓缓的诗的火苗,手指上有暖暖的午阳。

一切都来得及,所以花不急着开,暖暖的,刚刚好。

四月三十日。晴。

有读者来说,看我的书会很慢,每天看一篇,多是深夜静时,看完书放枕头下,睡一个好觉。

这样的"慢",对我来说,是多大的美意。那些文字,有人慢慢走在其中,或坐在其中,肯定为某个字、某个词,或者某段话,凝视良久,继而生出百般美好心情。于我,是珍贵的回应。

有朋友来说起书的一些设想:以后的书,如果是线装多好啊。封面是茶叶末的颜色,然后是书名和白音的名字,书名写法洒然而静敛，有烟云气，没有图，或者只是寥寥几笔，一痕淡月，两笔清风，野渡无人舟自横……

关于线装，这一直是我的奢望，不过知道眼下还难以实施，但我相信会有这一天的。封面，越简越好，简到无，只有名字。我相信都会一一实现的。

如此的"慢"与"简"，可以将人带回到古代去。

五月设花宴

> 人一生或许少的就是一份幽居的心境,不论是择几日,选了远山去住,或在心里设屋一间,退街道热浪、人情热沸,在自己心头幽居少许时日,如此,淡去尘世的羁绊,得片刻安宁。

五月一日。晴。

旱金莲又有一朵要开了,是从新冒出的一团叶片间。

转眼就五月了。四月一过,好多春天的花,便簌簌地落了。接着另一批又热闹地开着,也幸好如此。其实四季都有花之宴,即使寒冬,仍有梅,招待风雪夜归人,配一杯薄酒,一窗暖灯影。

五月二日。晴。天蓝如洗。

从老爹的小园里,讨来一株草莓,正开着白色的小花,在日光下,清和自喜,那么惹人怜爱。想想渐入盛夏时,白花结红果,就更让人欢喜了。

红果酸酸甜甜，像某个人带给你的感觉。

喜欢便由此生发。于是一定要带一株，养在身边，每天看日光来亲吻红果，甜蜜安然，生欢喜心。喜欢，就是心里有一百种一千种欢喜。我相信是这样的，我也感动于是这样的，我更珍重地看喜欢如是。

五月三日。晴。云白。

有一种深情，来自内在，来自灵魂。也如光，照进身体里一般，暖，生明媚，紧紧地留在身体里，储存于身体的每一寸疆土。很少有这样的光，能进得来。很少有这样的灵魂靠着灵魂。

五月四日。晴。

一个人的生命版图上，该有一方疆土，是沧桑历史住下的地方，也该有一方乡土，住着点滴旧事。

想到这些，是因为偶然在看威海的一些历史旧事。一个城市，最美的不是那些繁华之景象，却是那日复一日旧下去的旧事。这些旧事，让一个城市有了温度，有了真正走进去的入口。

这让我想到宋代洪迈《容斋随笔》里记载的一卷法帖，这帖是刻在石头上的，是欧阳询的一份字帖。

帖子上说，他二十多到了鄱阳，此处如何土地肥沃，读书人如何赏花饮酒，大饱口福。其中列举了几位当地才华横溢之士，简短几言逐一赞赏了一番。帖末说这些人已都辞世，特别让人痛心。洪迈最后又落一笔，说：所有这些，都是乡里值得称道的旧事呀！

不知觉中，心里一软。

五月五日。晴。立夏。

今日立夏。

夏最适合幽居。燥热里能觅一处清凉地，山风如溪，山月如洗，每天闲适地放松下来，翻书，或远望。山翠袭衣，每一个时辰，都妙不可言。

住的也许只是破败的茅屋，有鸡有鸭在院里四处觅食，鸟在树间鸣跳，日光明晃晃，落在树下，是清凉凉的银子。

住的人，便是光阴的富翁。

坐在一棵树下发着呆，想这世间劳碌奔走也好，为爱情而伤也罢，大多人心里都被夏的烈火蒸烤着，不得安生。

人一生或许少的就是一份幽居的心境，不论是择几日，选了远山去住，或在心里设屋一间，退街道热浪、人情热沸，在自己心头幽居少许时日，如此，淡去尘世的羁绊，得片刻安宁。

我们内心缺的，就是这样的一分安宁。

五月六日。晴。

喜欢作家池莉曾说过的一句话："我理想的生活方式就是花朵

的生活方式：自然开放，他人可以观赏和喜欢你，你却不必应酬任何人。我觉得自己从来都是江湖之外的江湖人，因为最初我就是独往独来，现在也还是独往独来。"

这样的"独往独来"，并非对世界薄凉，对人冷清；相反，心是饱满明亮的，会对世界微笑，会对人友善。即使有一分薄凉，存一分冷清，那是为了保全自己，那至珍至爱的内在气质。

它不是高高在上的，它可能只是去了高处，已无心去计较凄凉与否。

要能守得好这样一份独往独来，是不容易的。内心要有这样一条路，被世俗包裹的时候，你早早地在这条路上种了清凉的花，被人情世故拦阻的时候，你早早地在这条路上建了小亭、挖了荷花池。

五月七日。晴。

我在一篇文章中写过，"自然一草一木，都有故事；生活一筷一碗，也尽是风情"，我一直将它奉为圭臬。

不论是自然界的故事，还是生活的风情，一幕幕上演的，都是普通或不普通，平常或不平常的戏。

人生最美的戏，我想应该是自己可以回头看的戏。

入戏人不知觉，一回想又如观众看得入迷。原来我们自己的戏，才是人生大戏啊。

初次,上演时仍拙笨,但拙笨的,也是可爱的,是真情的,是无可替代的。

五月八日。晴转阴。

一整天在忙工作。听说明天有雨,是个好消息。雨是草木的血液。

想找一首纯音乐来听,就想起古琴版的《太极》,于是边听边工作。听着听着,乐中泉声鸟鸣间,好似有人采花归,落座一旁。

这自然之声中,在一个无言但芬芳的对视里,也就多了一捧花声……于是想写一篇,以此开头。

工作期间,趁晚饭有一点点时间,竟然将这篇我命名为《一捧花声》的文章写到了结尾。之后又于夜里,挤一点时间完成了。

特别喜欢我组的这个词"一捧花声"。坐泉边听水声,有人抱一捧花声来,多么美。

城市里的蔷薇应该开得到处都是了吧,我喜欢的那个紫藤花架,是不是紫藤已开过了。

写的文中有一段,也是在提醒自己:

再忙也不盲从于劳役之缚,再累也不垒块于几寸胸中,愿只愿,春色并笔以焕彩,花光入画而流香。如此,在某个黄昏,身披霞光,才能抱一捧花声回家,月露风云般恬淡于心。

心中有花籽撒下

> 心中有花籽撒下，长出一个人来。这个人，能陪我去山里种花，我把土窝掘好，她就把花籽放进去，一个土窝种一粒两粒，然后拿土轻轻埋上。我知道，这简单而美好的事，也是大地上最温暖浪漫的事。

五月九日。小雨。

早晨滴滴答答的雨声，美妙地钻进我梦里。人未醒，就欢腾起来：下雨啦。

昨晚工作到凌晨一点半才停下来，洗漱好后已近两点。但满脑子的工作与文章，交织纠缠。工作还未完成，要早起，文章每天都想写一点，不写一点不舒服。

雨一来，还是忍不住起床，本想再睡一会儿。

雨不大，但淋漓不断，敲打着天窗，很美妙。

昨天写的文章中，刚刚提到——"今年春时盼雨，为的是去山里撒花籽。终于盼来，淋着春雨，走走撒撒，又担心山径听不到花籽吐芽的声音，便持木棍掘土为窝，让花籽落户"——今天就又有雨了。

心中有花籽撒下，长出一个人来。

这个人，能陪我去山里种花，我把土窝掘好，她就把花籽放进去，一个土窝种一粒两粒，然后拿土轻轻埋上。

我知道，这简单而美好的事，也是大地上最温暖浪漫的事。

五月十日。晴。

病。浑身无力、酸痛，拉肚子。睡了几乎一天。

这几天太累，也许是身体在拉响警报吧。不像是感冒，不像受凉，但就是真真实实地病了。可能是几年里第一次病，睡得昏天暗地。

五月十一日。晴。大风。

闲暇随手从书架上拿一本书，史铁生的《我与地坛》。

我常喜欢说，那地坛是史铁生的，所以书名在我看来，分明就是《我的地坛》，就像我喜欢的紫藤架小花园，我一直觉得它是我的。

史铁生说："我常觉得这中间有着宿命的味道：仿佛这古园就是为了等我，而历尽沧桑在那儿等待了四百多年。"

这一句在第二段，每次读此篇，我总是会先读这一句，它与我也有着"宿命"的味道似的，这是我的开篇。我人生所有的开篇，都充满"宿命的味道"。

我提到过几次那架紫藤,在大学某僻处的小花园里,没多少人去,偶尔会见到有学生在小园廊下读书,但极少。

我与它,是偶遇,却又是如约而至。

在我的生命中,曾有一架老紫藤树——植物的记忆,在我私人的历史中,皆有座次的。所以,那架老藤树,占了极其重要的历史地位。

但可惜的是,它已被人从我历史书页里连根拔起,留下一片空白,我再也寻不到它了。那一页至今空着,缺了插图。

由此,这大学园里的紫藤,或多或少地安慰了我。但又比那一架,更有人情味。那一架,老干粗猛,绝尘般拔地,老藤纵横,黑硬,铁钩似的。我坐在那里,心有惊怵,带着仰视。

大学园里的却不同,它让我感到亲切。夏风拂着紫藤,架下小坐,会感觉整个世界都无比温柔。

我还在紫藤旁小亭里睡过几次午觉,在一篇《清凉帖》里提到过。睡得很深的一次,紫藤已落,绿葡萄已挂成串。我所感受的清凉,后来想,或许都是紫藤热烈开过后留给我的一方世界。

与其说我是在匆忙间偶遇这一架紫藤,不如说是我生命中需要这样一方清凉的世界。所以,不是我走向紫藤架下,而是紫藤一串串旖旎地开到我的书页上，开成了我人生中带着"宿命"味道的插图。

五月十二日。晴。

你离开多少年了？我不知道，因为我不想记得。

我记忆力越来越差，正好把你离开的时间也忘记，正好，把你，也忘记。

你走后，写过几句，太伤痛，无语言，只有沉默。每年今日，心头写过万千语，却又不知一句。

我不想你收到任何一句，你把我忘记吧，因为我打算把你忘记。这样，就没有伤痛。

今天，我还是数了数指头，数你离开的时间；今天，为你写了一首诗《你离开得太久了》：

你离开得太久了

花开花落已七个春秋

你还要离开十年五十年一百年

就像眼泪

离开了就再也回不了家

你是从哪里开始出走的

二十四桥明月夜吗

一缕箫声里吗

还是昨夜小楼的春花秋月里

我不想知道

我只想知道你会山遥水远地回来

开轩窗,再梳妆

可是泪,静静地躺在眼睛的旁边

我知道,从心里出走

走出眼睛的,都是回不了家的孩子

五月十三日。晴,风从窗口吹来清香。

十一日写史铁生关于"宿命"的味道,特意没写他对地坛的感情,是想留在某一日的静时光里,简单写几笔。

我说《我与地坛》,我一直认为该叫《我的地坛》,不是没道理的。史铁生对地坛的感觉便是最好的证明,他说:"仿佛这古园(即地坛)就是为了等我,而历尽沧桑在那儿等待了四百年。"

如此痴绝,也让人深信不疑。

文中写道:"四百多年里,它一面剥蚀了古殿檐头浮夸的琉璃,淡褪了门壁上炫耀的朱红,坍圮了一段段高墙又散落了玉砌雕栏,祭坛四周的老柏树愈见苍幽,到处的野草荒藤也都茂盛得自在坦荡。这时候想必我是该来了。"

痴绝里,又是如此的深情啊。

我觉得这不是简单的文字描写或抒情,这是命运,这是缘。

史铁生写地坛,是带着生命的光在写的,是蘸着灵魂的血液在写的。在他随后的文字里,他记录的地坛的点滴,一草一木,一个黎明一个黄昏,一个人与一个人,每一样,落下的笔,都是那么深挚而感人。

只有他的轮椅知道,他到底在地坛里留下多少高贵的脚印,留在地坛里,留在地坛的历史中。

五月十四日。云多了起来。

车行驶至一拐弯处,速度慢,看到车窗外一捡废旧物的老人,正在整理他的收获品。一个红色喜庆、腰身别致的酒瓶一下子闯进眼帘。

真想马上停车与老人讨要,但车已拐进主道,车来车往,掉头需再前行很远。到了能回头的地方,又在犹豫,就这样错过了。

生活中有些废物,真的是别有情趣与情调的。我就捡过一个酒瓶,其上有四个字,每次我插花拍照时,只拍其中两个字:无妙。

繁体的两个字，自左向右，无妙。我喜欢这两个字，有着说不尽的禅意。再细想，这废物，确实是"无妙"之物了，却也妙在它的无用之处。敢于承认自己的无用，是需要怎样放得开的境界？

延参法师一直是个可爱的和尚，很多年前第一次接触，便觉得他是可以笑傲"绳命"的智者。他也说自己是"废物"：老，丑，土，一样没少，真的是废物利用，所以要格外珍惜。

他自称"废物利用"，真是妙不可言。有一年，延参法师来到南京，"迷雾"中他谈笑风生，幽默风趣："莫愁湖边走，雾霾真温柔。"他带着新书来南门，调侃说，很多网友把他的照片贴在门上，图个好兆头，那是"废物利用"，新年换上新春联，才更喜庆。

家中有很多废物，总是不舍得扔。曾几次在收拾家的过程中，想狠下心来，但是一件件看着，上面都有光阴的印记，有往事的点滴，实在下不了手。

当然这样的废物，是可珍惜之物。不被珍惜了，不过是一件垃圾吧。

朋友寄北曾说："搬家，捡择，发现有一大半东西是废物，如果不搬家，它们也许将在角落里年深月久，与我一起白首偕老。想来，许多曾经珍藏的东西是经不起翻动的。不翻动，它仍有当初的珍重。现在，只不过一堆垃圾。人心过境原来如此冷若冰霜。"

人心过境原来如此冷若冰霜！

五月十五日。晴。

清早去临近小山收集腐土。林间光线疏疏朗朗，鸟声从一棵树跳到另一棵树上，山下车来车往，我静静地做着手头上的喜悦事。

见惯了你争我抢，看淡了你来我往，想开了你侬我侬，不为求得人生如何超拔，精神如何高洁，只为活在当下，简单，从容，闲适。

五月十六日。晴。

闲看杂志，看到吴克敬先生写他去湖北，看尽诗画交融的莲花世界。而让他最念念不忘的是"碗莲园圃"。

在那里，能看见许多小小的莲，养在小缸、小盒中，只有酒盅、可乐瓶盖那么大，有的甚至小如拇指。

据说，这些小小的莲是一对有心的夫妇精心培育的，是花费了无数的心血，将无数的日月，浓缩在其中。

我们可以跟着作者的笔端，去领略一二：

在这里，一排排，一行行的小缸、小盒中，培育着碧绿的"泽芸"，浅紫的"小芙蓉"，淡黄的"脂玉环"。酒盅那般大小的脂粉莲叶上，有珍珠般的水滴在滚动，更有可乐瓶盖似的各色莲花，亭亭玉立，千态百姿，柔情万种，娇嗔可人。它们都有自己闭月羞花的名字："墨荷""晓霞""小龙飞""黄飞舞""小舞妃""粉松球""玉楼人醉""案头春"等。我只有听,只有看,只有惊讶了。特别是看到"并蒂莲""千瓣莲""重台莲"时,我是怎么都不敢相信的,在别处所见到的这些莲花,开放时,一般都如海碗大,而在"碗莲园圃"里,却统统小如拇指。

小得让人心痛,小得让人怜惜。这些都是"莲花夫妇"的心血。心血之上,执念开花。

修一园清风篱笆

> 我早已将"美好"看作我人生的大事业,虽然每日点滴经营维护,仍没有达到最终之目标,但心是踏实的,是安稳的,是带着喜气的。

五月十七日。多云。

可以欣赏美,感知美,怀念美,是我认为一个人内在世界必不可少的精神气质。

所以我很羡慕古人,他们笔下的山河,美就真美,他们笔下的美人,美就真美。

我们的现实,应该也是有美的,美就在那里,不增不减,不多不少。但为什么我时常觉得,即使再努力去发现美,还是觉得不够。

花草之美,对我来说是处处可见的。随便一座小山,皆有美的山花开。所以我觉得,这时只需抱一怀的山花,在一棵树下,等一个人，便美得让人心碎。

但对于明星，自高中我开始懂得追星这回事后，就一直不曾有过一个明星让我觉得美到心碎。

看张中行回忆他看梅兰芳《红线盗盒》一出戏时，心里是真羡慕的。他说："前面几出演过，台上灯光微弱，该大轴了，一挑帘，梅兰芳走出来。台上灯光突然大亮，满堂碰头好。我定睛看，全身珠光明灭，露出的面部和手，白而像是透明如玉。身材窈窕，真如文言文滥调所说，长身如玉。"

现世很难见到人的美。

倒是那些普普通通的人，回往事中翻检，还可以翻出几帧美的画面。比如杏树下面容蔼然的老人，比如图书馆里看书的人。

幸好的是，也确实是有美的，便也知足。

五月十八日。晴。

计划这一两天回老家看父母，同时看看青杏。上次回去看过一树的杏花开，这会儿，青杏该挂枝头了。

今天下午忙完后，便急急往家赶。

傍晚六时多到家，父母还在小菜园里忙着，并计划着明天我走时要带的蔬菜。我一到小园，妈妈就告诉我，我上次带回来的蔷薇枝活了。

可能妈妈知道我关心那株蔷薇吧。当时父亲竟把那株蔷薇忘在墙角,奄奄一息,我心疼地找了菜园一角小心栽下,并嘱咐父母一定别忘了浇水。妈妈还怪父亲怎么就给忘了呢。

栽的时候,我是没抱蔷薇重生的希望的,因为实在是命垂一线的,想起死回生太难。

没想到那次离开后,到现在,这株蔷薇竟然已枝繁叶茂,长势特别喜人,比我家里那棵长得还好。

老家菜园边上是有蔷薇的,但多是大朵蔷薇花,我喜欢小朵小朵的,攀攀牵牵的,所以特别找了一株,想种在父母菜园篱架上。

不知今年一夏,它会长成怎样的?

五月十九日。晴。

买了一株珍珠梅,应该说遇到更合适。时常无意间逛逛花摊,多在集市上,第一次碰到有卖珍珠梅的。

写过珍珠梅——珍珠梅,简单得只是白,素一分,清一分,净一分。小桥宅边,黛瓦檐下,一串串,一挂挂,远看近赏,心清和,朗润。五月骨朵,珍珠般明净,一直到十月,绽一层层瓣,吐一丝丝蕊,尽是白。鹅黄嫩绿时,骨朵小小,如珠温润;梨花落尽时,仍花明色净,姹紫嫣红中,仿佛映雪;直到柳色退去,枫红菊黄,依旧白,白到底,白到凉。

记得第一次得知这白净到底的花，名叫珍珠梅时，还好一顿惊讶。为什么带一"梅"字呢？但确实被那一簇簇的白震惊到无言。

直待写《你是瓷的白》时，便以珍珠梅开篇。

今得一株，欢喜至极。家里盆很多，多还算是雅致有韵的，闲时一点点收集的。在心里算计着哪个盆更适合做这株珍珠梅的家，却又觉得哪个也不合适。只好先不管，只管带着这株珍珠梅回家即是。

这时却看到花摊上一盆，大敞口，矮胖，斑驳色，一般人是很难看上眼的，我却独喜欢。

摊主要价并不便宜，但我知道行情，相比别的摊位，他给的价格绝对是喜人的，所以也不讲价，便一同要了。

同时特意买了个普通大盆，家里那株玉树早该换盆了。所以回到家里，也顾不上午饭，便开始为玉树移盆，费尽了心思，终于移好了，同时兴起，又为另一些花草细心打理施肥。

午饭只是热了两个包子，端了盘，蹲在花前吃。不经意地，突然想到，买的那个价格不菲的花盆，敦厚矮实，配那株珍珠梅，不是正好吗？虽然从花株的造型上来说，方盆更合适，但还是不管不顾地摆弄起来，果然不错啊。

也顾不得吃饭了，又是一番折腾，终于将花株移植成功，而且效果非常好，超过想象，心下更欢喜了。

五月二十日。晴。

这几天又开始跑步。有近一年的时间,没正儿八经跑。一来因为工作,二来心里也存了懒意吧。

人生在世,为了生计,难免奔波劳苦,但我不认为那是真的苦。苦中亦有乐,关键是如何内心平衡。我们与这个世界,与人,与事,都需要有一颗能随时自我平衡的心。忙中可找闲,闲中可找乐。

但我的忙,却不是为了生计,而是为了人情。忙的项目,应该说是个大事业,不忍看着我敬重的领导分身乏术却又要面面俱到地管理着各个环节,我想以一己之力,分担一些。

为此,我放弃了我自己的"事业",虽然那根本算不上什么事业,却是我用心一点一点经营起来的。而且相比而言轻松自在。

其实我的事业,只有一样,那就是美好。

我早已将"美好"看作我人生的大事业,虽然每日点滴经营维护,仍没有达到最终之目标,但心是踏实的,是安稳的,是带着喜气的。

五月二十一日。晴。

可能看我写了很多山山水水,有读者在公众号里留言,讲起她的家在大山深处,独一户,讲到山色的美,美若仙境,也讲到生活的苦。

我知道在大山里生活一定很苦。通常是这样,用苦来谋生活,肯定不易，且渗透进无数的苦水。

而有的人是特意去谋苦日子，活得简单，他会觉得，流下的汗水每一滴里都住着清风明月，一盏煤油灯里住着能拨亮诗歌的诗人。

五月二十二日。晴。

今天发现珍珠梅上有黄绿色的小虫子，蚜虫。而且数量还不少，它们爬得很慢，但如果没发现，后果就严重了。

希望它们不要怪我以大欺小，我如果能变成蚜虫，我一定去跟它们决斗，所以现在只好由我来代表花香消灭它们。

捉虫可不是个简单的工作，以前还真没怎么做过。我以前养死的植物，也大多是因为招虫灾，植物死，虫也不见了。所以，我必须消灭它们。既不能伤了植物茎叶，还要细心斩虫除根，所需耗费时间也不少。

五月二十三日。雨。

终于又下雨了，但不大，只一上午。却让人欢喜，所以抽了时间，静静地坐了一会儿，看雨升起丝丝雾意，好似仙境，又如一首诗中最美的一句。

这时若能在一草木小园，可以什么也不做，就在小亭下赏雨，或者读书。

这样的时刻，对我来说是十分珍贵的。这样的雨是可以养人的，养人的真性情。

想起身边一特别能熬夜的好友,某天凌晨,他在看了我的文字后盛赞了一番,我知他讲得诚,我感动得也真。但最喜欢的是他对我的评价:至情至清。

真性情,是为人之要;真清气,是处世之旨。想人活一世,为人,活得有情,处世,也拎得清,是最好。

几年前,我写下一句追求:修一园清风篱笆。我希望总有一天,园里草木静,清风明月是故人。

|人心中都有一个诗歌的出口|

> 杯水清心,戒贪恋,去杂念,怨愤自消,苦厄自度。杯水很小,但里面有澄澈大世界,有大智慧,有对生活的热爱,对生命由衷的虔诚。最珍贵的是,有一颗心,清清白白。

五月二十四日。晴。

林清玄曾跟朋友去一个满屋满厨房都是古董的人家里做客,进得屋,竟连走的地儿都没有。

起初看林清玄写到这里,以为是侧面衬托主人家里古董之多。其实不然,当他们终于找到一个沙发坐下时,我知道,这一屋子的古董,已毫无价值了。因为古董的主人,心中只有物。

接下来,当主人拿来一方玉要林清玄鉴赏时,看到那茶色的一方玉,林清玄在心里希望,主人端来的不是玉,而是一杯茶水。

是的,我想,在林清玄眼里,真正的古董收藏家,对古董不仅仅是占有，真正的鉴赏家，对古董的鉴赏能力，一定不是眼里只有玉的价值，还有一杯水的珍贵。

杯水清心，戒贪恋，去杂念，怨愤自消，苦厄自度。杯水很小，但里面有澄澈大世界，有大智慧，有对生活的热爱，对生命由衷的虔诚。最珍贵的是，有一颗心，清清白白。

五月二十五日。晴。

一个写作者，是需要那么点敛静的才气。

如此他的诗情，有时可以是一种大气沉着的美，有时甚至有点"小家子气"，就像一池子水雾，就在那上空，不离不散，看上去，如画有仙境，是一团自喜。是凌空之上的云海，飘逸，又得蓝天映衬，自有气象。

五月二十六日。晴。

旱金莲开始慢慢有些枯意，每天都会见枯叶，心里很疼。

因为是第一次养，也查过许多资料，还是没有养好。珍珠梅又招了虫子，我不想用药，或者按资料里说的用肥皂水。我怕伤了叶子。所以，现在每天多了个任务，每每在窗口时，都要给珍珠梅捉蚜虫。虽然不是很多了，但还是有。

五月二十七日。晴。

古人作诗，景在眼，也是由心生的吧。比如这句"阶前闲树色，花外落钟声"。

今天跑步时遇到落日下的长松,在山道的一角,像个禅者,在远眺着什么,看到我,也不语。

那树色是"闲"的,有花在一旁,此时此地的诗人又刚好听到远处的钟声,这样的景,眼中心中皆有了诗意。

心中自然满是欢喜,一定要寻得好句妙语来诉说一番,落笔却也只轻描淡写,用几个字,就将心中欢喜的景一一道出。

这一"闲"一"落",都是好心意啊。

五月二十八日。晴。风暖得人心里生香。

今天发了《花摇响铃铛》的公众号,开篇一句"花摇响铃铛的时候,你来了",我说写下这一句,心中全是花声,一声,两声,一百声。

我喜欢这样的表达方式。我的很多文章里,尽是一些异想天开的想法。比如我写《我的早餐是一碗花》,比如《一捧花声》。

关于花声,一直是心中很美的一个意象。很多很多年前看到《花开的声音》这样的标题,心里触动很深,反反复复地去感受。

于花前听,于夜里一个人独坐时听,这样的诗意于我而言,是天大的恩赐,那种美好的感觉,是惊艳的,是从未有过的感受。

我一直想做一个诗人,可一直没写过什么诗。但在写散文的时光里,我又时常觉得,我心里住着一个诗人,是李白杜甫王维吗?

不,是我自己。一定是我自己的,孤独的我自己,孤独得像个诗人,他在我的内心深处。

他不断地在指引我,去看一朵花摇响铃铛,然后遇到美好。

五月二十九日。晴。

走在路上,无意间看到树下的落花,会突然生出春天一瞬间离开了的感觉。

美好的事物,常常在你不知觉间,戛然而止。也许正因为"止",所以美好才更显得珍贵。

诗人橡子曾说:春天只有两天。第一天,海棠遇到了狂风,花瓣虽然没有散落,但是被吹得浑身发白。第二天,丁香遇到了骤雨。

诗的魅力,在我看来,有时就在一个字,一份意境,一种情怀。诗人心中,意象纷繁,但世间最懂"止"的境界的,非诗人莫属。"丁香遇到了骤雨",到此,所有的想象全留给读者。

朋友寄北的诗非常有意境,比如"信里有琴声半把",她几乎就是把这一行,放在那里,收信的人便能收到,而几乎就是一个瞬间,便能被信中的琴声带走。

人心中都有一个诗歌的出口,大概是留给灵魂偶尔出来散散步。

丁香开在江南雨巷,而我们的世界,注定不是琉璃的色泽。

橡子还有一句话,是我特别喜欢的,有关止的境界。他说,我的世界到阳台为止。

他说——我的花,我的鱼,我的女人,我的孩子。更远处,是我的梦。我下楼,一脚踩进夏天,那白花花的阳光恰恰如同幻觉。

五月三十日。晴。

宋冬野的《郭源潮》歌词了得。

悲歌三首买一切

买昆仑落脚,蓬莱放思想

买人们的争执酿酒汤

买公主坟的乌鸦

毫不着边际的组合,却又暗含禅机。"悲歌三首买一切",这样的句子,怎么想出来的,必是有切实体会,必是在某个时刻,心悲凉,含愁。悲歌一唱起,思绪万千。

曾一直写悲情的故事,不喜欢幸福结局的,而如今,所有的悲,都化成绕指柔,再也不喜欢悲悲戚戚。人心境的变化,除了时间的影响,更重要的是心中信念的左右。

还有一段印象特别深刻:

其实你我都一样,终将被遗忘,郭源潮

你的病也和我的一样,风月难扯,离合不骚

层楼终究误少年,自由早晚乱余生

你我山前没相见，山后别相逢

词里确实是有禅机的，能有如此的领悟，非同一般。好一个"山前没相见，山后别相逢"。

五月三十一日。晴。

转眼五月将尽，念念不舍啊。

好似刚开宴，百花酿还没一一尝遍，还没有好好醉一场，这就要散场了，怎么不念，怎么会舍得？

还好，就算不得不离去，我知道，我眉间、衣上都染着花香，我行处，落着香，来年，我依然可以循香而来。

六月荷擎雨

> 这一生心中所愿之坚贞,是一片叶一朵花的自在,温柔地绿着红着,寂美地枯着落着,但从不缺失。

六月一日。晴。

今天是儿童节。

这几年,怀旧风日益昌盛,比如大家开始过起孩子的节日,想想是一件多么浪漫温馨的事情。

其实人人心中都该住着一个小孩子,一生存有天真单纯,一生存有美好心愿。

网络上那句"愿你出走半生,归来仍是少年",据说是出自北京四中一个初二女孩之手,这一句打动人心,却由一个未涉世的孩子写出来,是多么让人惊讶。

对于开始怀旧的人而言，人生确已走过一半，青青子衿，终是水袖已老。但心境上却仍有天真一派，看日常也动人，随时得喜悦，便足够了。

走多远，心归时，仍是少年。如此的人生，也算是圆满了。

六月二日。傍晚零星雨。

下午五点天已阴成一片，有零星雨。这些天一直跑步，看到下雨，心里一阵激动，想要跑在雨里的感觉。

那一年，几乎整年，日日跑，唯有四五次实在没办法才放弃，连雨天也跑。

人跑在雨里，雨跑在我美好的思绪里。

今天在朋友圈发了威海的海草房古村落。虽然这些村子不如江南古镇有名气，不为人所知，我觉得其实挺好的，一千多年的历史，海草房是全世界独一无二的，它就该守着一片海，孤美而绝世的。

我喜欢海草房，并不是因为我小时住的就是草房，而是因为海草房给人非常温暖的感觉。冬天大雪漫天时，海草房像一个童话世界。现在的我喜欢一切温暖的东西，旧时光，旧物，或电影里一个深情的拥抱。

但今天静静地看这些海草房，心里却百感交集。父母一生勤劳节俭，住所一直是旧模样，到现在仍是。村里人大多住着宽敞新房，我家却一直在西北一角，一副破败的样子。少年时，是自卑的。

在高中读书，住校，校是省重点高中，多是城里孩子，更有很多家境好的孩子。那时回家也极少，但妈妈一直尽其所能地让我在花钱上大方，省吃俭用，更不舍得盖新房了。如今每每回忆，心里就对老家房子生出疼痛感。

渐渐大了，却越来越喜欢老家的老，感觉那是光阴的礼物，让我每回去，心神得以庇护。

我知道，有一天，我也会老成一座老房子，但我内心丰盈，美好，天真，我会被一个人爱成高贵的乡愁一般，到老都视为珍宝。

后为海草房写小诗一首：

小时候以为

人和鸟儿一样

要衔草而居

少年时看到

钢筋铁骨的高楼大厦

才知道我需要隐姓埋名

后来慢慢老掉的海草房啊

你是我一生

高贵的乡愁

六月三日。晴。

生活中那些细细碎碎的美,皆有光阴的味道,有乍一眼的不舍、疼痛,但仍面带温良,内在安稳。

窗前侍花,忽然一片叶,枯数日,落在你面前,或花色旧了又旧,花事渐远;再如架上的书,有的经年未翻过,无意瞥上一眼,周身时光静谧,那一刻眼睛忽地一热。

这一生心中所愿之坚贞,是一片叶一朵花的自在,温柔地绿着红着,寂美地枯着落着,但从不缺失。

六月四日。晴。

我喜欢回来的路。

年轻时坐铁皮火车,咣当咣当的,如坐时光的车,开到天涯开到地角,带着决绝、冷厉。回来时,好似再无前方,只有退避,不作挣扎,虽有一分痛楚,却也有九分安心。

曾为一个朋友与女朋友吵架之事,连夜赶赴他们的城市,我是他们两人分别打电话来求救的人。去了,却只是听了他们各自的苦诉,百般千种的不如意,没有劝,只是听,次日又连夜坐火车回来。

回来的路上，夜星升了一颗又一颗，混杂浊气的车厢之外，隔着模糊不清的窗户，我知这世界上有一个地方，正春暖花开，芬芳美好，她在等我，不与我吵架，只会温柔地与我牵手，看见我的每一刻，都有笑。

下班回来的路上，常会拐进一处花地，或一方小亭里。有时会小坐片刻，有时会为一朵花留影。有时有云，从眼前飘过，有风拂我面。

冬时回来的路上更美，特别是饭局过后，一个人走着回家，夜像一张信笺，有雪落在上面，我走出几行，深深浅浅的诗句。

人的一生，是一条长长的路，每一天都是在出发，一直走向明天，后天，未来。幸福的终点站，不是远方，而是家，是两个人彼此的心。

两个人最美的路，不是出发的路，而是回来的路。回来时，仍手牵着手，走过多远，爱过多久，老过多老，依然牵着手，即使走得再慢，依然彼此可依可偎。

回来的路上，常让我觉得，我没有丢掉自己。

六月五日。晴。

丽格海棠开得艳烈，不动声色。

记得多年前第一次养丽格海棠，抱着开满花的一盆走在回家的路上，满身日光蝴蝶，心神畅快。人无忧事，简单地生活，最能得知足的美好。

人心的复杂，多是贪欲过多，所以生活也必会千疮百孔。

这样的道理，几乎没人不懂，但"简单"二字，真能做好的人，却极少。

花的开，一定是因为它有简单心肠。

六月六日。小雨。

昨天看天气预报，说今天有雨。果真下了。

早晨七点多睡梦中听到雨声，淅淅沥沥，下到傍晚。雨不大，是淋漓了一天。这样的天气适合去看荷。"若无闲事挂心头，便是人间好时节"，这样的境界，看似简单，实在不易。

尘世奔波，往往成为习惯，心头再蒙了尘，看不到自己的世界。一方荷塘，雨里赏着，得有闲之人才做得了如此雅事。

可人生真的就那么忙吗？也未必。我忙过，也闲过。忙时不觉得迷失，仍会抽时间或挤时间，去做自己喜欢的事；闲时也不觉得有好情致，能为喜悦的事满心欢喜地去。

重要的，还是自己心境上的"闲"，如此忙也好闲也罢，去做喜欢的事，不是身体去了，是心去了。

六月七日。晴。云多。

今天去山路、林间、海边走了走，放空自己，无忧无虑，也不一定要看什么，只是走一走。

山路普通，松林也普通，大海也不见得新鲜，可走的时候，因为心无他念，便走得闲适自在。看野路杂草，林间松竹，海边浪花，人的心是静的。这份静，能让自己感到安稳踏实，不迷失。

回来后写了一篇《静缘》的小文，也提醒自己，这静里有大美——走走这平常的路，对小山，对平常草木，说说我心中的喜悦，告诉它们我心中的秘密，它们都是老相识，听一句笑一下。

等一朵月亮花开

每一朵花,都是一本文集,一分钟香出一页,一季装订成一册。它一瓣一瓣收藏着日月,收藏着远道而来那衣衫单薄的旅人的脚步声,收藏着鸟鸣衔来的清泉的笑涡。它以全心的爱意,张开的怀抱,在世间有一个普通的叫法,叫"开花"。花开的是心,开的是清和阔朗的心意。

六月八日。晴。云极白。

读周梦蝶《孤峰顶上》:

向水上吟诵你的名字

向风里描摹你的踪迹

贝壳是耳,织草是眉发

你的呼吸是浩瀚的江流

震摇今古,吞吐日夜

需要怎样的孤寂,孤寂地寻索,那一缕芳魂,及世外清明的样子,才能看得清你的模样,才能听见万古江河里你那一缕再也散不去的呼吸。

于是一遍一遍唤你的名字，你的名字成了诗经，你的名字是沉寂在水之深处的一颗心，以吟诵的姿态，把你传遍千峰。风里随处随时是你的踪迹，你能听得见，贝壳是你的耳，织草是你的眉发。

深情或许大都来自这样的孤寂，如在孤峰之顶，只望向你的方向。

关于"你的名字"这一主题，早在公众号开办时就和大家一起写过，后过一年两年，日本出了一部《你的名字》的动漫，没有看过，大概是温馨美好的。

这个世界上最美的字，是"你的名字"；但这个世界上最动听的字，却是"我的名字"。因为会被一个痴爱的人轻轻念起，那一念，惊心动魄，无法描述。

为此，写了一首小诗，就取名《我的名字》吧：

谁能说得清

你嘴唇间轻轻含着的两个字

像嫩芽，像小溪跳鹿

像月色摇花影

像挂帘的夜

像小声再小心喷薄的光

像小匙的毒

我说不清

那只是你唤着的

从你嘴唇间随你呼吸而跳出来的

我的名字啊

六月九日。晴。

晚上和老友小聚,回来的时间有点晚。走了一段路,一段有月色的路。

今日是农历十五,月色自然皎洁,走在那月色笼着的夜里,身边偶尔有车,灯光暖着,一闪而过,心里会忽然一软。

以前住在环海路,是推窗见海的房子,但我没有春暖花开,我看得最多的就是深夜从我窗前一闪而过的车灯。深夜啊,看到一盏车灯也许要等半天,但我就坐在那里等啊等。

那时曾写过,我想在夜里看到窗外一闪而过的车,就像一闪而过的温暖,她从我的窗前经过,而我,正好看见。

世间的缘分,人与人的,人与自然的,或者自己与自己的,都是那么微妙。

我与车灯,也许是自己与自己的缘吧。

六月十日。晴。

花有没有不开心的时候?清风有没有向花表达爱意的一幕?

我想，如一朵花开始有了计较之心，有了小气之心，花色必会不纯，花气必会不清。

每一朵花，都开得自然自在，开得随兴随喜，从不会计较，早晨第一缕阳光是否照在自己的心瓣之上，那从远山随云来的蝴蝶，即使落在旁边的花心里，它一样喜笑，一样吐露心声。

每一朵花，都是一本文集，一分钟香出一页，一季装订成一册。它一瓣一瓣收藏着日月，收藏着远道而来那衣衫单薄的旅人的脚步声，收藏着鸟鸣衔来的清泉的笑涡。它以全心的爱意，张开的怀抱，在世间有一个普通的叫法，叫"开花"。花开的是心，开的是清和阔朗的心意。

而那清风，总是以安静的眉眼，绕着花枝，以不被觉察的亲吻，落在每一瓣香里。日月不知，清风写了多少卷字，季节不知，清风老了多少相思。

六月十一日。晴。

家里的两株茉莉在春天的时候，一株长了叶，极少，开了很多花，另一株一直没有动静，无叶无花。

这两株茉莉养的时间不短，一直也没有修枝，一直枝蔓乱长，不成样子了，但它仍然会开花。甚至可以从春开到初冬。

今年那株长了点叶子的，不多时日，叶子也脱没了。随后很多时日，每看它们，都觉得它们要离开我似的，心里几度凄楚。

但今天早晨却意外发现，两株都开始长新叶，而且开始绽吐新花苞，共十一朵，而且还有小的花苞随后会赶来，能从枝上寻得它们的小眼睛，正张望着。

世间本无事，心枝结茉莉。

仿佛昨天都是凄苦，今日只对着茉莉，不想其他。

昨晚的月亮很亮，光从窗口打过来，一定落在了茉莉身上，我等着茉莉开出月亮花。

记得很深，在文中提过的那一句"月亮是一枚止痛片"。我想是的，尘世太多痛，让自己等一朵月亮花开吧。

谢谢，茉莉，今日十一日，你正好结了十一朵花苞。

六月十二日。晴。大朵云。

傍晚五点半启程回老家。

老爹在我进家后不久，告诉我说他做过一个梦，给我去买烟抽。老爹不抽烟不喝酒，每年我回家过年，他总会去村里小卖部买上几盒烟给我，多是价格偏低但在他眼里是好烟的烟。他会打趣说：你有个不抽烟的爹多好，要不然你每年得买烟给我抽。我笑着，也不用回他。

老爹说，他在梦里买烟时要了十五块钱一盒的，这在他眼里，当然是名贵好烟了。但是小卖部的老板不卖给他,他便一直央求,说儿子好不容易回来一趟,就卖他一盒吧。

我听着老爹很随意地讲着他认为奇怪的梦,心里一酸。

与老爹一直沟通少。在家住的日子,放学回家,总是会喊一句:妈,我回来啦!即使老爹正在院子里,我喊的仍是妈妈。他习惯了我也习惯了。

在外求学时,回家便与妈妈聊个没完,一直与妈妈到现在也是,一直可以聊很多东西。与老爹几乎没有这样的时刻。打电话时也是,若老爹接的电话,我的第一句肯定是:爹,我妈呢?

今年我生日时,老爹突然来电话,祝我生日快乐。那是我人生中收到的父亲的第一个生日祝福。我高兴得好几天想哭。

年纪越来越大了,不但是父亲,也包括我。家里的老杏树在老,房子在老,父母也在老,就连吹到窗口的风,都感觉老了,带着那么温柔那么温柔的温度与气息。

六月十三日。阴几个时辰,飘几个雨星,下午晴,云大朵大朵。

若随手翻起一本书,书里夹着多年前的一瓣花,看到时,心中会开出不一样的喜悦。

我人生中的第一本《唐诗三百首》里,夹了很多小花细草,那些花那些草,也是一首首诗,它们没有三百首,但它们却可以在一个人的生命诗集里,一直美好着。

有的旧书里,没有夹花,但是翻翻时,周身安静,忽然会觉得翻开的那一页上,有月光。我想,多年前一定也是一个很深的夜里,我在这本书上凝思,有一片月光,轻轻落在书页上。

所以我相信,我的书页里,夹着一片片月光。

夹的是月光花啊。

夹在书里的一朵花,再旧,花也有色;色再旧,也有香;香再旧,也有美好的一颗心去看待它。

六月十四日。晴。

早起,处理完工作,又躺下。再起时,浑身有一点乏,好像在梦里翻过千山涉过万水。但那乏,又不是累,是一种抵达的圆满。

抵达一种梦境,抵达一条隐秘小径,好似从古寻到今,又从今折回至古。

一路上,花香如雨般淋漓,风牵着风,山川喊着山川,每一声都是爆破音。

连绵的云,如海浪,拍打天空,向更高处翻卷,再拍打而下,无休止。

露珠里闪着电,小草丛中滚着雷,花瓣上下着雨。

在一个恍然间,我猜测这不是梦。我甚至,看了我的手指,有没有染过花香,抚摸了我的头发,有没有挂了露珠。

那花香是一个人的细语吗?那露珠是一个人的望眼吗?

我在这一阵乏里,微笑,笑我成了一个诗人。

生活在这一笑里,芬芳美好。

六月十五日。晴。

在公众号上发了《六十岁的你,亲启》,文字也许依然有些艳,但无一点刻意,也无什么修饰。

分两次写完,第一次写在五月,觉得我应该多点时间来细细地品属于我的未来的六十岁的情怀,或者需要对哪些事物、心境多一些眷顾,所以就放在那里。

今天再想起,便不去多想了,写给一个人的信,永远无法收尾,这光阴里的长信,短也是情长。

这篇文,自己也读过数遍,听着那首同名的歌。我是写者,我也陷落其中,因为我终会老,我终会相思到老。

老了可以为你插玉簪,可以给你写诗——平平常常的日子里,于窗前时,就着月色,一简再简地,写下几个字,或几行。为你写一首诗,一想到这一句,一读到写下的那一句句,一句一行热。

花的行程

> 荷在这个世间,在书页里,在一些爱荷人的心中,开了又开。无雨就无雨吧,小亭里一样有喜悦的眉眼,古诗中还千百年不变地演绎着一些来来去去的人的情谊,朝霞夕阳一样含笑来去。

六月十六日。晴。

这几晚都没有月亮。因为已是农历二十二了吧。想到那句"十五的月亮十六圆",如果月亮也有爱情的话,我想这句话是月亮爱情的最好见证。

要经过之前长久的跋涉与煎熬,终于赢来月圆之夜。于是想将这爱的皎洁一直高悬于夜空,但终于还是选择隐退于自己朴素温暖的生活中去。所以圆满过后,月亮跟爱人回家了。

记不得哪位朋友曾因月而起伤怀,写下一句"思君不见君,月色也戚戚",读来心也跟着戚戚然。

一草一木，一物一景，在伤怀人的眼里都是伤怀的。有时伤怀，是自我的一种诉说，很难论其好坏。但若能多一分从容，多一分宁静，所伤之怀，一定是非常温柔的。温柔最终能将一颗心碎的一瓣补好。

六月十七日。晴。

看到王杰退出的消息，并没有太多惊讶，进进出出，本是常事。我想王杰懂得其中的深意。

但是看到节目中，王杰唱他经典的歌，因其嗓子毁了，再也不是当年王杰的声音了，心里一下悸恸不止。

脑海里全是青春时的身影，王杰的身影，自己的身影，在突奔，在流浪。伴随身影的，一直是他伤感的歌声。

还记得那个年代听王杰，那落寞的声音，于某个早晨唤醒敏感的心，然后决裂般穿好衣服，只为了走在清晨六点无人问津的街。那种无人问津的感觉，是一个人孤独的历史，是一个人建立的王朝的背影。

一直坐在那里，久久不能释怀。想对王杰说：

听你现在的《一场游戏一场梦》，我青春可回忆的所有的时光都陪你哑着，你的歌声，过去，现在，将来，永远陪我穿行在清晨六点无人的街，永远穿透我的灵魂。

六月十八日。晴。

珍珠梅的叶子开始有了许多枯意，从底部的叶子开始，往上染着枯色。

很心痛，我还在等着珍珠梅开放的时候，等着被惊艳，等着喜悦丛生。等待总是美好的。

那一大棵米兰，当时叶子"枯"得让人心惊，手一碰，哗啦啦一地。"枯"字我加了引号，是因为从表面上看，那些落的叶子尚有绿意。当时落了一地板的叶子，围着花盆厚厚一圈，多日我没扫。原来是绿的，一天天枯到底，心也在这枯里，疼到了底。

我知道，各有各的行程，去留当随喜。花的行程，开过，落过，从不介意，不纠结，不落泪。

而看花的人呢？

六月十九日。晴。

风日闲过处，心事草木知。

有时我会想，人一生所追求的，到底什么最重要。我不是有些读者通过文字看到的那般透彻，我也只是凡人一个。

物质生活也好，精神世界也罢，不论所追所求如何，但有一点是很重要的，那便是喜悦心。人生就是修行的过程，得喜悦心，一定会活得更踏实安稳。

六月二十日。晴转阴。

盼雨未雨，未来没来，是一样的让人愁绪一场也欢乐一场的事。

荷在这个世间，在书页里，在一些爱荷人的心中，开了又开。无雨就无雨吧，小亭里一样有喜悦的眉眼，古诗中还千百年不变地演绎着一些来来去去的人的情谊，朝霞夕阳一样含笑来去。

六月二十一日。晴，天很高。

我们在冷冷之初，冷冷之终相遇。

这是台湾诗人周梦蝶的一句诗。诗中用了"冷冷"一词，初读难免会让人心生疑惑。相遇不该是温暖的吗？为什么相遇之初是冷，之终也是冷？

我觉得，这一个"冷"字，一来是诗人的内在温度。周公一生以诗修行，过着苦行僧般的日子，以摆书摊为生。周梦蝶说，摆书摊的前两年，过着逐水草而居的生活。每天带着一块布，背着书，从三重坐第一班公交车到车水马龙的武昌街，找一处警察不太留意的地方，把布摊开，将书铺在上面。他一生习惯于孤寂和凄清，不喜欢被打扰，被贴近。

二来恰是一个"冷"字，让相遇更冰清玉洁，也更坚贞如雪，透着幽香。正如曾进丰先生所言：人之相遇冥冥之中早有定数，或不期然而然，唯终始冷冷，凝定坚忍似雪。而对于相遇，周梦蝶一片幽香冷冷，高山流水微笑接过这静默美丽的时刻。

六月二十二日。晴。

读到袁枚笔下记录的杭州一人所作之诗句:"面目为谁槁,心肠到底甜。"让人遐思,久久凝视,又忽地感到美好照面。如见堤边柳影,镜中花月。既有朦胧的美,又有实实在在的好。

一个人形容枯槁,老到让人感觉再无滋味之时,难免会心生悲凄。但这样的容颜失色到底是为了谁,但有那么一个人在心里做伴,心肠都是甜的。

这诗句,是真的好。

|光阴开花|

> 美好依然在，每一天，点点滴滴里，心中有珠玉，眉眼常生清风，光阴于其间，开属于你的莲，结属于你的莲子。

六月二十三日。晴。

即使在好花时节，花该开的在开着，落的也在落着。大概就像人生，忧喜总是参半吧。

年少时曾常去一座小山，有一次看落花，红了一地，一个人在树下发了半下午的呆。有的被风吹起，有的落到不远处的小河水面，少年的心不知缘由地被带走。后来树老了，再看，老枝新芽，会看得人落泪。流光黯淡不了一树花，因为人的心中永远有花开的。

如果有人愿意和你一起，一起去看细水长流，落花落满窗，我想，我们心中总会有花的。那花，或者就是那个人，留在心中，美好地，温柔地,像一片花色一样,留在心中。

六月二十四日。晴。

六月该看荷。喜欢荷,喜欢荷的静,荷的亭亭净植。感情上的事也是如此的,能让你心里安静的人,必定有其干净的气质。

世间在荷的眼里,万般皆可抛却,唯有心上一念,出淤泥不染。

如荷的光阴,如荷的人,一生该去珍惜。

六月二十五日。晴。

只想留住一点时光,读读诗,读读文,感觉时光一下子柔软了,人心也柔软了,甚至觉得就在这样的时刻,人老了也好。

清清浅浅的时光,柔柔软软的心事。

人能把时光越过越清浅,将心一寸一寸地柔软下去,就是你与这个人间最美的情分。

六月二十六日。晴。

天气越来越热,人心也多了浮躁,世事扰心且去读书能得清凉,我一直相信。

傍晚看夕阳西下,远处的树,染着霞光,不知月亮什么时候能升起来。这样好就着月色翻几页书,寻一点清幽的美。

一天里,几次翻书,却没有真正地走进书中。我知道我心不静,清风不来,泉声不响。

晚上泡了茶，放于书桌，想写作，又无思绪，再翻书，又恋着窗前月，索性放开，去窗前坐。

写诗句自嘲："斜阳草树半坡月，书房茶烟无人夜。"笑笑了事。

六月二十七日。晴。

整个六月，注定是忙的。心之忙，最怕的便是一个"盲"字。

人做任何事情，若忙到盲，那么所得即所失。一味地忙着赚钱的人，必盲到不懂清风明月不需一钱买；一心忙着名利的人，必盲到时时找不到心安自在的归途；一意忙着爱情的人，必盲到丢失对生活种种美好追求的一颗心。

六月二十八日。晴。

我在文章中提到太多"信"这一意象，有时甚至忍不住就将一些美好的联想牵到信上去了。

我们在世上，每天的行走，或者爱，其实都是在给光阴写信。你与美好信件往来，彼此知道彼此的地址。

与一个人的爱，更是这样，即使再忙碌，仍那么想把时间闲下来，彼此相依一会儿，说几句话，牵着手一起走走路。

对于心爱的人，心里每天都会写的，也写进了光阴里。只是可能这样的形式没有正式写出来更动人，但是一样深挚。

六月二十九日。晴。

想去看荷，想去林间听鸟鸣，想无忧无惧地随心走走。

有时极简单的小事，都会让人有力不从心之感。感叹一番，消极一阵，所幸于我而言，还可以在文字里，升起尘外的炊烟，心也就安稳了下来。

对于文字，我想之又想，我之所以写出的文字，可能有点与众不同，有自己的个性，实在是用多少年的光阴，一点点地将自己潜修。

我知道要爱着世界万物，如此天地大爱在心，追求的是如此境界，所以人便不觉得累，而又执着坚贞，哪怕走得一路风霜染发，也觉得是此生珍贵之事。

六月三十日。晴。

每日点滴，所记随兴，回头再读时，感觉时光太快了。

只能暂告一段落，本书只记到六月末。想到香港中文大学微情书大赛获奖作品中的那句话：未来得及用江南的残荷，卷住雨声寄给你。好在岁月抛光了莲子，藏在最深处犹如佛珠，波澜不惊。

是的，美好依然在，每一天，点点滴滴里，心中有珠玉，眉眼常生清风，光阴于其间，开属于你的莲，结属于你的莲子。

我想，爱也是这样的。你爱一个人，也必应如此，必会细细妥妥地将你的一日一日爱到光阴开花。

第四辑 一页诗稿一生念

我是你宛在眉心的白露蒹葭

你是远方的诗来照亮我的霞

我是你世外的小桥流水人家

你是我只想蹉跎的人间年华

| 初 开 |

巷陌梨花初开

如雪一样初白

往事不过如此

初遇你

一生初盛开

|见你|

手中经卷翻起,

心头经幡升起,

眼前诗卷念起,

只为见到你。

花满满地开过,

薄薄地瘦过,

清清地凉过。

我静静地,

见过你。

一个人,

不见悲喜,

不见苦乐,

不见寒暑,

不见佛,

只见你。

|为你写诗的傍晚飘起了小雪|

我不知风

什么时辰会捎来远方的消息

不知道

春天在路上会不会

以花香以云水载你一程

为你写诗的傍晚

飘起了小雪

薄薄地

轻轻地

为我

来添砚中水

来续杯中茶

|曾忆旧时,东风忽软一树花|

像春天你的笑

像等在路口迎你的嗒嗒马蹄声

像你经过一朵花别在衣襟上的一朵香

曾忆旧时

东风忽软一树花

像去年的旧亭台你唱的老戏里一句锦屏人

像我风雪夜归人怀里抱着的一团春色

像栽花小圃我将一首诗种下慈悲的缘

曾忆旧时

柔软至今

|归来|

我扛着一肩的雪

我披着半生风雨

我从一件单薄的衣里出发

我从从未说出口的一个字里归来

|退到一粒花籽里|

你写的每一个字

被光阴种下一粒花籽

小心地读,生怕漏掉一个字

我想去到你词里忧伤的部分

若我去

该带着泉水脉脉去淙淙

该带着风雨芭蕉纸

与你窗下花前尝茗

尘马迷尘的现世

我只想退到一粒花籽里

以一个美好的字的姿态

落进你长相思的那一卷

|酿了桃花酿|

时光有时会把你撒下

把你撒到诗行里

把你撒到可以摘花的小花房里

只因为光阴很谨慎

不轻易告诉你一个爱的答案

因为它明白

前方有你们缘分的明月

我在一个词牌里

酿了桃花酿

杯盏满了杯

等一个摘花人